徐则臣自选集
散文卷一

徐则臣 ◎ 著

一意孤行

北京联合出版公司
Beijing United Publishing Co.,Ltd.

图书在版编目（CIP）数据

一意孤行：徐则臣自选集. 散文卷 / 徐则臣著. -- 北京：北京联合出版公司，2024.1
ISBN 978-7-5596-7293-3

Ⅰ.①一… Ⅱ.①徐… Ⅲ.①散文集－中国－当代 Ⅳ.①I267

中国国家版本馆 CIP 数据核字 (2023) 第 241384 号

一意孤行：徐则臣自选集（散文卷）
徐则臣　著

出　品　人：赵红仕
选 题 策 划：厦门外图凌零图书策划有限公司
特 约 编 辑：徐蕙蕙　刘　洋
责 任 编 辑：龚　将
封 面 设 计：孟　迪
内 文 排 版：孟　迪

北京联合出版公司出版
（北京市西城区德外大街83号楼9层 100088）
北京联合天畅文化传播公司发行
厦门集大印刷有限公司　新华书店经销
字数174千字　787毫米×1092毫米　1/32　8.25印张
2024年1月第1版　2024年1月第1次印刷
ISBN 978-7-5596-7293-3
定价：69.00元

版权所有，侵权必究
未经书面许可，不得以任何方式转载、复制、翻印本书部分或全部内容。
本书若有质量问题，请与本公司图书销售中心联系调换。电话：(010) 64258472-800

徐则臣

1978年生于江苏东海，毕业于北京大学中文系，供职于《人民文学》杂志社。作为茅盾文学奖得主中首位70后，被誉为70后作家的光荣。著有《北上》《耶路撒冷》《王城如海》《跑步穿过中关村》等，作品被翻译成德、英、日、韩、意、蒙、荷、西、俄等十余种语言。

自序

　　一直盼出自选集,一直怕出自选集。

　　前者出于虚荣,希望早日拥有"自选"的权力。那也是写作之初的胆怯和不自信,这个想必不难理解。后者缘自纠结,手心手背都是肉,选出一部分后,剩下的算什么呢?尽管大家都按下不表,心底下还是认为"自选"出的必定是最好的,那么剩下的肯定就归于残次一类。这等于昭告天下,除此以外者,自家都是看不上眼的。如此划定阶级成分,对一个作家怕也不是件一清二白的好事。

　　——我的纠结还不在于此,的确是难以"自选"。写作既久,倏忽二十年弹指而过,对文学的判断,我早不再像当初那般斩钉截铁,放之四海只有一个标准,世界上的文学就两种:一种好的,一种坏的。而是标准越来越多:重要的、不重要的,喜欢的、不喜欢的,愿意重读的、勉强只能看进去一次的、好但怎么也看不下去的、平平却每次翻看都十分欢乐的、完美但于我无益的、一堆毛病我却受益良多的……只要版面富余,可以一直列下去。

　　具体到自己的作品,也很难再以好坏截然论之。不是自信到了看自家娃儿哪哪都好,也不是糊涂到分不清珠玉跟沙石,而是遍尝了写作的辛苦，字字血、声声泪，你知道每个字的来处，轻重深浅，切肤之痛，却不足为外人道也，也不能为外人道也。不唯是敝帚自珍，还因为每个作品于你的意义迥异于他人：读者可以明火执仗地偏执，喜欢的就喜欢，不喜欢的弃之如敝屣；而你，作者，哪里可以心无挂碍地给这些作品分出个亲疏远近、三六九等。人说好的，我可能最不看重；人所不喜者，我可能最难相弃。事情就这么夹缠吊诡。

但是现在，这两个自选集还是出来了：一个中短篇小说，一个散文随笔。那么这两个集子用的是什么标准？

小说如书名所示，以"花街"为据。多年前写第一个关于花街的小说《花街》时，我就打算早晚以"花街"为名出一本主题小说集。那时候想的是，所有故事都要发生在花街上；现在想法变了，不为形式主义所累，故事跟花街有关即可，哪怕人物走在北京的长安街上。既然他思在花街、念在花街、根在花街，为什么不能算作花街故事呢？花街肯定比我想象和虚构的更加开放。花街欢迎你。所以就有了这自选的九个故事。

为什么是九个而不是十个或者十一个？为什么是这九个而不是其他九个？前者的答案是：九是宇宙中最大的数，意味着无穷；如果不到九为止，这个集子到底要选多少篇，我就更不知道了。而后者，我只能神神道道地告诉你：当我闭上眼，看见从花街幽暗的街道上明亮地走出来的小说中，走在最前头的，就是这九个故事。

散文随笔集《一意孤行》。这四个字是我喜欢的。书法家朋友赐墨宝，我给出的"命题作文"多半也是这四个字。为人须谦和平易，作文要一意孤行。文学没有对错，认准了，一竿子支到底，条条大路通罗马。欧阳锋倒练九阴真经也练成了，可见文无定法。这个集子里"自选"的也如此。我所写作过的诸种题材都选取了部分，正路子有之，歪路子、野路子亦有之。正路子、歪路子、野路子在一起，就是所有路子；条条大路通罗马，条条小路必定也通到罗马。

盼出自选集，怕出自选集，还是出了自选集。把道理讲得天花乱坠还是出了。出了就出了吧，一咬牙一跺脚，一意孤行可也。

徐则臣

目录

往事篇

一个人的天堂	002
开往北京的火车	010
风吹一生	013
暮色四合	018
老屋记	021
阳光与阴影	026
放牛记	030
最后一个货郎	039
祖父的早晨	046
想起无名氏	049
蒹葭苍苍	052
纸上少年	056
天黑以后	061
冬至如年	069
四个住处一个家	076
神经衰弱的拖鞋	091
背沙子的男孩	094

旅行篇

去额尔古纳的几种方式	098
汤阴行	103
在腊月里想起增城	108
鬼城记	111
恍惚文登是故乡	116
我喜欢的四个城市	122
阿姆斯特丹的自行车	126
海德堡	129
教堂	132
哥伦比亚的马尔克斯	140

文艺评论篇

《纯真博物馆》和帕慕克	147
一部值得张扬的伟大小说	156
当道德遭遇尊严	166
那些梗着的脖子	173
拉美文学的遗产	177
她让尘埃都落定	180

演讲篇

中国文学的世界之路　　　　　　184
不忘初心，一意孤行　　　　　　189
历史、乌托邦和文学新人　　　　193
走过花街的今昔　　　　　　　　197
为什么写作　　　　　　　　　　201
零距离想象世界　　　　　　　　207
纯文学的傲慢和想当然　　　　　215

杂感篇

文学新人"不等人"　　　　　　221
一半是海水，一半是火焰　　　　226
不想当大师的士兵不是好运动员　230
他们中有我　　　　　　　　　　233
出走、火车和到世界去　　　　　236
别用假嗓子说话　　　　　　　　240
通往乌托邦的旅程　　　　　　　246
想象力比知识更重要　　　　　　248

/ 往事篇 /

一个人的天堂

夜里做梦，梦见了一阵阵的饥饿。很奇妙，饥饿像个抽象的东西，在梦境里忽远忽近地招引我，我梦见自己坐起身来，胃里伸出了一双想望的手。饥饿终于叫醒了我。清醒后茫然若失，肚子里还是鼓鼓的，一点都不想吃。早上我跟母亲说，我梦见我饿了。母亲说，大过年的，哪天不是吃到嗓子眼，还饿。我想也是，一个梦而已。就忘了。

除夕那天去看姑妈，骑自行车出门向南走。多少年了，中心路以南的地方我很少去，现在姑妈搬了家，我不得不经过那里。我懒洋洋地四处张望，落满阳光的地方若干年前我都曾熟悉，甚至很熟悉，像家一样。诊所，不在了，空旷的院子在太阳下。幼儿园，孩子们都放假了，半开的大门后面看见半截滑梯和几件晾晒的衣服，看门人在一件衣服背后大声地咳嗽、吐痰。接着是人家，红的瓦房，白的瓦房，凌乱的小院和即将过年的喧嚷。有钱的推倒了瓦房，建筑了两层小楼，一家过去，另一家还是，鼻子通红的小孩站在楼梯口看我，他们一定把我当成了陌生人。然后是一个更大的院子，院墙破落，从锈坏的铁门里可以看见满地的荒草，被风雪打得枯黄泛白，现在还在风里摇摆。风有点大，一根根拉弯了它们的腰，风经过荒草像走在水上。院子前是一排矮小的白瓦房——红砖白瓦。我突然记起了梦见的饥饿，想起了在梦里它其实是有味道的，清甜，还有点刺鼻的香味。我想起来了，这是大商店的味道，多少年前我最喜欢的味道，那时候我还小，它总能引起我无穷无尽的饥饿。这排房子就是大商店。我撑着脚停在路上，扭头看见了大商店。门窗都不见了，只剩下一个个黑乎乎的洞，边角粗糙，一截截断砖露在外面。他们拆掉门窗的时候下手太潦草。麻雀从房顶上跳下来，转一圈就从那些黑洞里钻进去，里面更黑，阳光再好我也看不见里面的东西，里面也不会再有东西了，只剩下一排矮小的空房子。

它竟然这么小。多少年前我一度以为这是世界上最大的房子，它比当时的民房要大很多，而且中间没有隔断，看起来就是一间大房子，宽敞的空间从东头一直拉到西头。我们都叫它大商店，因为它是当时我们那地方最大的商店，也是周围几个村庄里最大的商店。在一九八九年我到镇上读中学之前，这里是我最向往的地方。念小学的时候，我在一本没有封面的书上看到了"天堂"这个词，我就以为，如果这世上真有天堂，那就应该是我们的大商店。

一九八九年我十一岁，这之前我的生活很少超过这个村

003

庄。我以为大商店里什么都有，一个人哪怕活上两辈子，里面的东西也绰绰有余。让我想一下一九八四年的大商店，那一年我六岁，开始读小学一年级。大商店恰好在去学校的路上，几乎每天我都能到大商店里转上一圈。店里的营业员换过好几个，无一例外都喜欢开东门，西门一年到头锁着。天堂的门槛很高，要爬上一个倾斜的高台阶才能进去，台阶是水泥的，上面布满用绳索印下的花纹，素朴简约。我不记得什么时候第一次走进大商店，只记得每次进门后都想感叹，真大。真是大。房顶比我家的不知要高多少，也宽敞，尤其是夏天，别的地方都热得蹲不下个人，大商店里却有用不完的阴凉。长长的房间被分成三部分，先是一道一米多高的柜台把房间切成两半，再由直抵屋顶的货架把剩下的空间切成两半。货架后面放什么，是我很多年一直感兴趣的问题，可惜直到我离开村庄去镇上念书，也没能找到机会去看一下。

我见过卖东西最多的地方当然是集市和庙会，可是集市不是每天都有，庙会更稀罕，即使每天都有，我也不能天天跑去赶集。大商店是集市和庙会之外东西最多的地方，货架上下，从东到西，摆满了待售的商品。从生活的源头开始，花花绿绿的烟和酒、瓶装的酱油、练习本、铅笔、圆珠笔、钢笔和墨水、水壶、瓶胆、灯泡、蜡烛、火柴、饼干、桃酥、高粱饴、糖豆、白砂糖、红糖、大糕、挂面、瓷碗、碟子、花盘、洗脸盆、搪瓷缸、筷子、勺子、锅铲、铁锅、牙刷、牙膏、雪花膏、毛巾、布料、轴线、绣花针、顶针、橡胶鞋、布鞋、袜子、轮胎。还有很多,一路摆下去。我说不出来的不是因为我想不起来了,而是我没能看见。那时候我个头小,大商店的柜台高得有点过分了。

我和当时其他喜欢在大商店里游荡的孩子一样,为了看清货架下面和放在地上的商品,我们不约而同踮起脚,把下巴挂在柜台上,希望这样可以看得更深。其实是没用的,柜台太宽大了,我们的脖子伸得再长也无济于事,谁让我们的目光不能拐弯呢。要命的是,被柜台遮蔽的恰恰是我最想见到的。各种各样的点心、糖果,还有堆放在地上的鞭炮和玩具。一九八九年之前我的生活目标主要集中在吃和玩上,想吃一切好吃的,想玩一切好玩的。还有人人都会说的那句话:闺女要花,儿要炮。我想要那些鞭炮。它们几乎都被柜台挡住了,我不能时时看见它们,可是我想时时看见,所以进了大商店就忍不住伸长脖子,把自己挂起来。

大商店里的柜台是我见过的最美的柜台,下面是砖头砌成,上面是水泥覆顶。水泥是灰色的,我见到的时候早就变成黑色的了。不仅是小孩喜欢进大商店,大人也喜欢,他们个头高,随意地把手放到柜台上指指戳戳,长长久久把柜台抹得油乌发亮。我的下巴挂上去,鼻子底下就飘悠起不散的烟火味。这些年我见过无数的店铺的柜台,漂亮的、整洁的、先进的、接近于无限透明的,不知见到了多少,一点感觉都没有,它们与我无关,与生活和人无关,而大商店里的柜台,上面曾经挂过无数个年幼的下巴,落下过无数只手,那些手都从自己家里带了尘土、草灰、馒头渣子和汗渍。柜台上累积了层层叠叠的烟火气和人的味道。我把脖子伸长,使劲嗅着鼻子,我想闻到柜台后面飘散出来的大商店的味。

不知道是不是所有的大商店里都有这种味道。先是香甜的味道,清净、羞涩还有点欢欣,是点心和糖果发出来的。然后是粮食白酒的香味,悠悠的、淡淡的,从东头柜台上的酒坛子里散出来。然后是酱油味,黑黝黝的味道,行动迟缓笨重,喜欢沉在所有的味道之下,像结实的河床。这些香味把大商店里的气味调得十分黏稠,闻久了我就犯困。惊醒我的是另一种刺鼻的香味,比如橡胶鞋的味道、纸箱子的味道,这些味道身手敏捷,因为过于尖利,多少显得有些轻佻。还有就是水泥柜台本身的味道,清冽的砖石味。

我经常放学后都要到大商店里兜上一圈,挂一会儿下巴。闻一闻,看一看,把吃不到的东西睁大眼睛想一遍,玩不到的东西也跟着想一遍。在大商店里我总是觉得肚子里空荡荡的,店里好闻的气味一直在提醒我有饥饿这回事,即使我吃饱了。我忍不住要进去,进去了更饿。后来听说,好闻的味道也能提高营养,所以厨师大多都是胖子,不知道当初的我获得过营养没有,那时候我瘦得可怜,穿着垂不到脚踝的裤子,母亲说我吃龙肉都不胖。

柜台后面的很诱人,我没钱买。大多数的孩子都没钱买。父母很少给我们零花钱,偶尔给了一毛两毛也舍不得花掉,如果什么时候手里聚到了五毛一块的,真以为自己是富翁了。把钱装在贴身的兜里，手指头秘密地在兜里把钱攥紧，干的纸币终于也捏出了水。有了大钱心里就怪怪的，像大商店里的长柜台，泛着清冷的喜气，觉得全世界都是繁华的，有微微的油腻。我用眼睛、鼻子来购买，躲在头脑里从容地消费。那个时候有饥饿，也有欲望，但从来没有非分之想，那种满足饥饿的欲望也是清净的，从不设计在黑暗里把好东西都装进口袋里。我在大商店里买过的最贵的东西是一支钢笔，英雄牌的。一九八五年的秋天的一个上午，我刚升入二年级，祖父给我钱让我买一支钢笔，花了一块八毛钱。我读一年级时一个学期的学费是三块五毛。我几乎成了班上最早使用钢笔的人，开始在白纸上写字，而别人还在用铅笔和田字格。直到现在，我依然一厢情愿地认为，这是我的字写得不错的重要原因之一。

除去口腹之欲，大商店也是一个玩乐的好去处。在里面很容易找到安静的时候。长年关闭的西门附近有几口大缸，通体黑蓝，冬天时用来装酱油和盐，夏天就空下来。我常常一个人转到那几只缸边，摸清凉的瓷，安详妥帖的平滑，阳光打在脸上，亦有一种清凉的惊喜。不知道那些瓷缸最后都到哪里去了，慢慢地都不见了，盐装进了蛇皮口袋里，酱油、白酒和香油一样，装进了小坛子，放在柜台的最东头，买卖更方便了。在那几个一字摆开的小坛子前，我见到了周围村庄里的几乎所有腿脚灵便的酒鬼。他们忍不住汹涌而至的酒瘾，弯腰驼背地来了，像孔乙己那样摆出几文大钱，要了一茶杯粮食白酒，就站在柜台前喝。准备充分的，随身会带有一两个朝天椒；没来得及准备的就随手捏起一颗大盐粒，喝一口舔一下盐粒，嘴里哑哑啦啦地呼吸，喝得美好且满足。喝酒时和售货员东拉西扯，酒喝光了，话也说完了，放下杯子抹抹嘴回家了。在后来的生活中，我见到很多酒鬼，喝得如此简单和干净的很少，大多都是在油腻的酒席上昏了口舌和头脑，脸变大，脖子变粗，整个人成了讨嫌的酒肉皮囊。

　　在大商店里我一定还能看到更多，但是很多记不起来了。再后来我就离开村庄去镇上读书，然后去县城读书，再到别的城市读大学。越走越远，回家的时间越来越少，去大商店也就越来越少了。什么时候终于一次也不再跨过那个高门槛，以至大商店什么时候关门、什么时候被拆除了门窗成了一排废弃的空房子，我都不知道了。出了村庄，我进过各种商店、超市、商场、大卖场、购物中心，也仅仅是进过了，买了东西就出来，不买东西我永远也不会想起它们。对我来说，它们的意义仅在于是一个用钱和信用卡换回用品的地方，别无其他。但是大商店我常常会想起，想起里面琳琅的货架、里面的味道和阳光、出入的人和事、我的高不过柜台的童年和一些隐秘的小心事。我知道它会随着我见识的增广而日渐微小和简陋，我也知道我的这些记忆脱不了美化的嫌疑，可我还想在记忆里重新打开大商店的东门，把我十岁前的时光像阳光一样呈现出来。

　　就像现在，我把自行车停住，扭头去看那些空洞的屋子，原来的大商店，现在成了鸟巢和老鼠、昆虫的集散地。我十一岁开始逐渐远离村庄，越来越多的孩子我都不认识了，他们也不认识我,我在他们眼里成了异乡人。路上几个孩子好奇地看我,看我看着破败的空房子,他们也许根本不知道那些房子过去的名字叫大商店。他们更不会知道,我像他们这么大的时候,这些空房子和整个世界一样满满当当,也繁华,也美好,它是一个十岁孩子的天堂。

开往北京的火车

巨大的平原上伏卧着一个村庄,村子不大,房屋稀疏茅檐低小。秋风从远方刮过来,茅草枯黄,在风中抖擞摇摆。所有即将死去的植物都在向风和天地俯首贴近。一群孩子从村中的某条积满黄土的巷子里出来,穿着短小的单衣,裸露着被风吹干的皮肤,脖颈和脚踝很黑,他们好多天没能洗上热水澡了。他们又一次来到村边,这个时候火车总要如期而至,轰隆隆地从村边经过。他们就是来看火车从他们面前经过的,这是他们认识范围内的最为隆重的事情,晚饭也要等到火车过去后再吃。父母常常不准他们在晚饭时来到铁路边上,但是爷爷奶奶鼓励他们。老人们大多都是一辈子没出过村子的人,他们想让孩子到外面去看看。但是,村庄与村庄之间相隔是如此遥远,他们用自己的双脚一辈子都没能到达另外一个地方。所以他们对吵着要看火车的孩子们说,去吧,去看火车吧。

孩子们在火车到来之前只能张望大野。辽阔啊辽阔,望不到尽头,只有低矮的树丛把村庄围成一圈。地球是圆的,这是真理,他们也看到了一个圆,而村庄正坐落在这个圆的中央,他们站在了地球的中心位置上。在泥土上打一个舒展的滚是让人高兴的,但是天有些冷,泥土也僵硬,孩子们身体皱巴巴地缩起来,腿脚施展不开。所以他们只好两脚踩着明亮的铁轨,眼睛盯着远方,手里攥着几根金黄的草叶,偶尔低下头到铁轨中间寻找圆滑的石子,作为弹弓的子弹来打鸟。

轰隆隆,嗡嗡嗡,铁轨在震颤发声,火车来了。火车来啦,火车来啦,他们叫喊起来。他们看到了远道而来的火车像一头方方正正的猛兽,迎着他们疾驰而来。他们从铁轨上跳下来,排成整齐的一条长队迎接火车的到来,在它将要从面前经过的时候拍起了巴掌,直到车尾也离开,直到他们拍红了手掌心。然后喔喔地叫起来,跟着火车奔跑。他们想追上它,因为有一扇窗户里的一个孩子的脸他们没看清楚,他们想弄明白他是男孩还是女孩,他从哪里来,要到哪里去。但是他们没追上,所以火车遗留下来的问题只好通过争论来解决。

年龄最大的孩子无疑是权威,他自信地说:"他从北京来。"孩子们又问:"那他要到哪里去?"权威有些不自信了,但他还是公布了他的答案:"他要到北京去。"这个答案孩子们不能服气,从北京来,又要到北京去,这路该怎么走呀?权威犹豫了一会儿,说:"所以他要坐火车呀。"他又说:"除了去北京,谁需要坐火车呢?还有,如果不从北京来,谁又能坐上火车呢?"孩子们不说话了。是啊,没错的,火车应该从北京来，也应该到北京去，除了北京，它还能到哪儿去呢？他们不知道还有什么地方可以让最隆重的火车开进开出，他们也不知道北京之外还有什么更大的地方。北京显然是中国最大的地方，北京最大的门显然是天安门，因为他们从小就知道，中国有个北京，北京有个天安门。他们相信了权威的答案，因为在此之前没有人告诉他们，中国还有个其他的什么地方，这个地方还有个什么门。随后问题又出来了，年纪最小个头最矮的孩子无法看得更远，他看不到北京在哪儿，于是他问权威："北京在哪里呀？"权威很自豪地说："在火车要去的地方。"年幼的孩子歪头想了半天，终于明白了，对，北京就在火车要去的地方，火车都有了，北京还能没有吗？

　　争论终于结束了。巷子里响起父母呼唤他们吃晚饭的声音，他们决定回去，跟着最大的孩子排成队走回村子。他们要告诉爷爷奶奶爸爸妈妈一个秘密：那火车是从北京来的，它还要到北京去。

风吹一生

天真的冷了，连风也受不了了，半夜三更敲打我的窗户，它们想进来。这种节奏的敲打声我熟悉，这些风一定是从我家乡来的。所有的风都来自北方的野地和村庄，我家在城市的北面。我掀开窗帘，看到风在闪烁不定的霓虹灯里东躲西藏，它们对此十分陌生。风的认识里只有光秃秃的树、野火烧光的草、路边的草堆、孩子们头上的乱发和整个村庄老人的一生。风不认识城市的路，一定是谁告诉了它们我在这里，才会爬到五楼上来找我。

城市里没有风声，没有歪脖子树和草堆供它们存活下去。它们远道而来是为了唤一个人回去，是唤我吧，我已经很长时间没回家了。我从床上起来，打开北向的窗户，黑暗阔大的北风滚滚而来，像旗帜和黄沙一样悬在城市的半空，只等着我从钢筋水泥的一块堡垒里伸出头来，与我面对面，告诉我一些风中的人的消息。

我家乡的人生活在风里。离家的那天，一大早我就看见祖父坐在门口的小马扎上。天色灰沉清冷，秋天的早上永远是一副将要下雨的模样。风很大，地上的杨树叶子转着圈堆到祖父的鞋子上。我对祖父说，进屋吧，外面冷。祖父说没事，不冷，都在风里活了一辈子了。然后问我坐火车还是汽车。我说火车，这个问题他已经问了好几遍了。祖父自语地把火车重复了一遍，说他夜里也梦见我坐的火车了，跑得太快，怎么叫都停不下来，他就是过来看看，我是不是已经被火车带走了。我让祖父进屋吃早饭，他也不肯，只想坐坐，守在门口的风里。

那个早上我离开了家，到了一个远离家乡的城市。祖父拎着小马扎跟在我后面穿过巷子，风卷起的尘土擦着裤脚。我说巷子里风大，回去吧，祖父说你走你的，他想在巷子头坐坐，然后就放下小马扎坐在了路边上。村庄坐落在野地里，村前村后都是麦地，麦地上的风毫无阻碍地从村南刮到村北，沿村庄中心宽阔的土路，一次次宽阔地刮过。我走了很远回过头，还看见祖父坐在风里，面对着我的背影，被风刮得有点抖。

祖父老了。风吹进了他的身体。当风吹进了一个人的身体里时，他就老了。二十多年来，我目睹了来来去去的风如何改变了一个人。我记事时起，祖父一直骑着自行车带我去镇上赶集，五天一次，先在集市边上的小吃摊坐下，吃逐渐涨价的油煎包子，然后到菜市旁边的空地上看小画书，风送过来青菜和肉的味道。那时候祖父骑车很稳健，再大的风也吹不倒。有风的时候我躲在祖父身后，贴着他的脊背，只能感到风像一场大水流过我抓着祖父衣服的手。长大了，自己也能骑车了，少年心性，车子骑得飞快，在去姑妈家的路上远远地甩下了祖父。我停在桥头上，看见祖父顶着风吃力地蹬车。祖父骑车的速度从此慢了下去。有一天祖父从外面回来，向我们抱怨村边的路太差，除了石子就是车辙和牛蹄印，祖父说，风怎么突然就大了呢？车头都抓不稳了。但是谁都没有在意。

　　从菜地回家的路上，我遇到祖父从镇上回来，第一次看见祖父骑着车子在风里摇摇晃晃。祖父不经意间被风吹歪了。其实野地上的所有东西都被风吹歪过。有的会歪上一辈子，像房后的那棵桑树，一场风之后再也没能直起腰来。有的歪过一段时间慢慢又把自己扶直了。只有人是被风渐渐吹歪的，人歪了以后就会一直歪下去，别指望能重新站直。风只会在人无法再站直的时候把你吹歪。祖父不再骑自行车了，我们担心他出事，不让他骑。他被风彻底地从车上吹了下来。不能骑车之后，祖父走到哪儿都拎着一个小马扎，他终于意识到很难再在风中站直了，风也不会让他长久地站在一个地方。风强迫他坐上了马扎。

　　一个人就这样被风吹老了。风逐渐穿过人的身体，吹走了黑发留下白头，吹干了皮肤留下皱纹，最后吹松了血肉，留下一把老骨头。这时候风又为人指明了另一个去处。

　　我相信最终是风把人给打发掉的。多少年来，我的村庄一直有个奇怪的现象，老人们去世总是一批一批的，很少有哪个人是独自上路的。在第一个人离开的时候，村里人就知道又一场死亡之风降临了，从年老体弱的开始盘算，每个人对村庄都有一笔小账。果然是一个接着一个，三五个老人相互陪伴着上路。一段时间内，村庄里哭声不绝，锣鼓声悲，野地里飘满了纸钱。他们出生在同一场风里，活在同一场风里，又被同一场风刮到了另一个世界。

我说过，城市里没有风，所有的风都来自野地和村庄。因为没有谁像野地里的孩子那样依赖风才能生长，尽管，也许同样是几十年前的那场风又回过头，把他送到了另外一个地方。风是我们见过最多的东西。我一直跟着一阵风向前走，走着走着就长大了。那阵风始于十几年前，我一个人从家里出来，很小，走远了就找不到回来的路。我追过无数个旋风，那些旋风像底朝下的斗笠那样大，像陀螺一样不停地往前跑。太阳落到了村庄西面的白杨树后头，我出了门就遇上了它。旋风不紧不慢地穿过巷子，然后左拐上了中心路，一路上旋起了泥土、稻草叶子和干松的牛粪渣子。这是我见过的最为优雅的旋风，不张扬也不会让你忽略。我一直跟在它后面，我想看看它到底有多大的耐心。很多旋风都是走了几步就找不到了。它沿着中心路一直向南。我很奇怪一路上竟没遇上一个人，甚至连狗叫和小孩的哭声都没听到。我们经过了药房、供销社大商店和南湖桥边的两棵老柳树。刚上了南湖桥旋风突然不见了，我以为桥面上布满石子，它过不去了，没想到几秒钟之后它出现在桥的南边，已经过了桥。过了桥是南湖的麦地。天色黯淡，我要费力才能盯紧它。我们在镶嵌干枯坚硬的车辙的田间路上继续向前。我记不得走了多长时间，它突然拐进了一块麦地不见了，没有任何先兆。我想它会出来的，就站在路边等，但是眼前只是一片绿得发黑的麦苗。

夜晚的另一场风来了，因为冷我才发现自己站在田野里。周围一个人都没有，连条狗都没有。我觉得像在做梦，记不起是如何一步一步走到这里来的。恐惧和黑暗一起围在我身边，我哭了，找不到回家的路了。现在当我一点一点地接近十几年前，我逐渐看清了一个站在麦地边上哭泣的男孩，他的身边是巨大的黑暗和风声。然后看到供销社大商店的售货员，后来我一直叫他"消炎丁"的邻村人锁上了大门，骑一辆老式"永久"牌自行车上了南湖桥。是"消炎丁"把我送回了家。我被旋风带上的那条路是他回家的必经之路。

回家以后母亲告诉我，每一个旋风都是一个死去的人的灵魂，它们常常来到村里拐带不听话的小孩。以后要听话，不能踩它们，也不能跟着它们到处乱跑。我不是很相信，因为没有一个旋风曾经把我拐跑过。我常常会想起那些大大小小的追旋风的经历，尤其忘不了那一次。此后的日子里我知道了，一个人走路时要用心，记住回家的路，到了黑暗的旷野中不要站在原地，更不应该哭泣。读书之后我就不再追旋风了，但隐隐觉得其实还是在跟着一场更持久的旋风向前走，从村庄走到了城市。这场旋风的形态我难以描述，也不清楚它是否已经拐到了另一个地方。我只知道，我在城市看不到风。城市里填满了高楼大厦和霓虹灯，缺少空旷的土地供它们生息。孩子们不需要旋风，有仿真的电动玩具引领他们成长，长大之后坐在了空调房间里，没有风也能活下去，至于老人，使他们衰老的，是岁月和他们自己。

暮色四合

我想,我骨子里头是悲观的,这影响到我对词汇的感受和选择。比如现在,我从燕园回万柳,到人大西门时,陡然觉得心沉下来,沉得不堪重负,似乎感到整个人置放在自行车上的重量。我一下子想到一个词:暮色四合。

就是这个词,接着我看到了它。天色将晚,这是四月初北京的黄昏,天灰灰的,风也是灰的,暮色从四面升起来。四合。暮色如浪,卷起来,像饺子皮开始兜住馅,把世界包起来。车在走,人也在走,我却觉得周围静下来,只有黄昏的声音、暮色四合的声音,精致琐细地响起来,声音是沙哑的。这让我莫名地难过。我总是这样,在黄昏时,太阳落尽的时候会难过,像丢了东西,心里空荡荡的。好像有所希望,有所留恋,也有所茫然和恐惧。

多少年了,我在黄昏时分离开一个地方,或者是到达一个地方,总高兴不起来,只是忧伤,莫名其妙地忧伤,常常会生出想回家的念头。我从一个城市到另一个城市,从城市到家,每一个假期开始的黄昏和每一个离家的黄昏,我都看到了暮色四合。整个人沉重地静下来,仿佛看不到路,没地方可去;仿佛身边的人都走光了,只剩下了我一个。这种时候我就会想起野地,看不到人影、听不到犬吠的一大片土,上面有草,有庄稼,有芦苇和河流,还有孤零零的我一个人。

少年的时候我在乡村,黄昏时多半还在野地里。摸鱼,偷瓜,割草,放牛,收庄稼,到田里找正在插秧的母亲,为躲避父亲的巴掌而逃窜,或者没来由地游荡,就在野地里遇到了黄昏。暮色从喧嚣的芦苇荡里浮上来,雾一样,后来知道掺了水的墨在宣纸上洇开来就是那样。风拉弯所有芦苇的腰,庄稼和大地也在风里起伏,越来越暗,越来越黑,野地里动荡起来。不知怎么的,所有人都被灰暗的风吹跑了,就剩下了我。我开始害怕,开始想哭,开始拎着篮子赤脚追前面看不见的人,开始往母亲干活的田头跑,开始抽着牛背往家跑。不知是怕把家丢了,还是怕把自己丢了。就觉得身体敞开了,风吹进来,沙哑地响,有点安详,也有点凉。

暮色,四合,迟早是要把一个人包起来,包住后保藏起来,或者包扎好扔掉。一天将尽,都将逝去和失去,好的光景,坏的光景,喜的忧的,哭的笑的,都没有了。留下来只是一个越来越小越低的天,心可能会宽敞,也会悲凉地沉下去,可你不能看得远,也不能听得清,那些花花绿绿的灯光和你没关系,你就是一个人,站在哪里就在哪里,一下子从地球上突出出来，孤立出来，像一根草，瘦瘦地站着。当年沈从文大约就是这样站着，在北京的那些暮色四合的黄昏里，他从故宫博物院出来，一个人站在午门的城楼上。他看到了暮色四合，夜晚来到了北京城。然后他开始往家走。不知道他跑没跑过。

　　我跑，我不喜欢站着不动。就像现在，我骑着自行车拼命跑，朝万柳跑。感觉怪怪的，暮色四合，要么想家，要么无家可归。

老屋记

二○一一年四月二十四日，我在山东某地出差，因离家近，朋友顺道送我回了趟老家。家里正在翻盖房子，两层半的小楼已经完成了两层，钢筋水泥混凝土和红砖，还有脚手架，混乱得如同一场战争。因为楼顶刚浇铸水泥，要多晾几天，工人们暂时都散了，父亲带我爬上空荡荡的毛坯房的二楼。房子算不上高，但视野开阔，半个村庄都在眼里，我陡生了身轻如燕和豪迈之感。这两个感觉实在不搭界，但我踩着楼顶尚未抹平的水泥板，转着圈子把邻居们的院子看了一遍，生出的就是这感觉：想飞。钢筋水泥混凝土的楼顶很结实，让人有种登高望远的豪迈。

这感觉从老屋里来。老屋在旁边，低矮的平房，红砖白瓦，为了给新房子腾地方，拆了一半，看上去悲伤破败，像一只折了翅膀的老母鸡。多少年里一家人就生活在老屋里，当然，那时候还不觉得它老，也不叫它老屋，我们在瓦房里出出进进，不认为它狭矮陈陋，我们过得喜气洋洋。那时候我小，对世界充满最朴素的好奇，坐在院子里仰脸望天，整个村庄的人声和狗吠都拥到一个院子里，我想站到高处，看一看别人的生活是什么样子，看一看到了夏天的傍晚，他们是如何在院子里摆出一张桌子吃饭。但是院落低矮，除了爬到树顶，我只能坐井观天。我爬过很多树，可是村子里的树能有多高，又到处都是树，目光越过别人家的山墙就被枝叶挡住了，能见度太差。挂在树梢上整个人颤颤巍巍，感觉很不好，所以羡慕鸟，能飞上天，在某一个瞬间静止，一动不动。我想象一只鸟飞抵村庄上空，十万人家尽收眼底。后来看到电影和电视，知道了弄出浩大镜头的叫航拍，那时候我就希望像鸟一样航看我的村庄。因为我住在老屋里，在一个几千人的村庄，我们低矮，贴着地面生活，如同一枚棋子，被摁在了低海拔的角落里。当然，所有人都在自己低海拔的角落里。

只是我想看清楚，大家是如何生活在自己的角落里的。所以我想飞。我喜欢想象一只鸟飞抵村庄上空，我更喜欢想象一个人一步一步走到高处，足够高，直到他把这个世界看清楚。所以我想登高望远。这些念头没有微言大义，也无寓意更非寓言，就是一个贫乏的孩子对世界最微小的好奇心。

此后的很多年，我离家念书、工作，寒暑两季放假回家或是小住，不是钻进书本里不出来，就是火烧屁股一般转个身就走。也是待在老屋里，但全然没有了少年时的天真，自以为知道外面的世界也无非如此，也不再会对邻居家的院子和饭桌感兴趣。就算坐飞机经过村庄上空，我也不过是从舷窗往下看看，在千篇一律的村镇中挑一个可能是我故乡的位置，哦，那是我家——我家离机场只有十多公里，小时候每见到飞机经过头顶都要大喊：飞机，停下。那只鸟从虚构中飞走了，回到家我几乎再想不起要登高望远。

——但是现在，站在二楼粗糙的房坯上，我突然想起了那只鸟，想起了童年时我一个人的关键词：登高望远。现在，房子的确长高了；现在，房子长到二层，还要再长高半层。以我小时候的想象力，也许我曾经设想过有一天房子会做梦般地长高，但我肯定不会想到，真正站在长高了的房子上看村庄，究竟是什么感觉。

母亲一直不愿意盖新房子，老屋住着就很好，冬暖夏凉，主要是不必操心。嫁到我父亲家三十多年里她参与盖了六次房子，搬家三年穷，何况造新家，穷怕了，也累怕了。这几年但凡谁动议破旧立新，母亲都要历数六次里的穷困与操劳。在乡村，一穷二白的家境里屡建新居，和城里空着钱袋去买房的年轻人一样，都得勒紧裤腰带过日子。母亲掰着指头说，你看，草房子盖了几间，瓦房盖了几间，半边草半边瓦的房子盖了几间。这样的房子我都经历过，只是每一间都是该款的绝唱，更穷困的生活我没过过。有一年给大爷爷单独盖一间屋，我也跟在父亲后头脱土坯，给房梁上的父亲扔稻草，我满头满身的汗，我懂得黄泥里掺上多少河水和稻糠壳抹墙才最牢靠。有一年，从院子里长着老槐树和果树的草房子里彻底搬进白瓦房，就是现在的老屋,我只有四五岁,把自己的小零件蚂蚁搬家似的往新屋子里运,光脚踩到了一枚图钉,一扎到底。因为疼痛,记忆从那枚清醒的图钉开始,蔓延到整只脚,然后是白瓦房和草屋子,然后是新旧两个院子,然后是新旧两个院子所属的两个时代的生活——过去的世界通过一颗图钉闪亮地咬合在一起。那是我关于这个世界最初完整的记忆,从此,大规模的记忆才开始和我的生活同步进行。在遗落了图钉的新的白瓦房里,我们家一住二十多年,直到把白瓦的颜色住灰,把新房子住旧,成了老屋;直住到这些年有了一点点钱的邻居们都把小瓦房砸了,原地盖起了雄伟敞亮的大屋子。

祖父说:没法活了,人家都住在咱们头顶上,喘不过来气。盖不盖?

我说:盖。

祖父说:怎么盖?

我说:两层半。宜早不宜迟。

前后左右的邻居们,眼见他起高楼,眼见他宴宾客,我们家成了峡谷,头顶只有院子大的四方的天。年过九十的祖父要了一辈子强,现在低头、抬头都憋得慌。那就盖新的。我负责说服父母。二十多年的老房子,够本了,再住下去就成了危房;还有三五十年要活,新房子早晚要盖,好日子早过一天算一天,为什么不从现在开始?就为了夏天凉快点儿,也得翻新的,否则邻居们都立秋了,咱们家还在三伏天里没出来。母亲还犹豫,我向她保证,这是她这辈子盖的最后一次房子,咱们全用好材料。

母亲说：就算用金銮殿的材料，不还是得我和你爸操持？

那天下午，我站在父母亲此生建造的最后一所房子的二楼上，在三十三岁这一年，终于在高处看遍了半个村庄，二十年的时光倏忽而逝。除了拿出一点钱，关于这座新房子我做的只是在电话里说了几次设想，嘱咐材料尽量用最好的；三个月之后回到家，我直接站到了二楼顶上。下一次再回来，我看见的将是一座祖父祖母和我父母这辈子住过的最完美的房子，他们把二楼朝阳的最大的一个房间留给了我。搬家的时候我不会在，从老屋到新楼，我其实希望自己能像四五岁的时候一样，蚂蚁似的一趟趟搬运；就算出现第二枚图钉也未必不是好事，踩上去，疼痛将贯穿我一生。这可能也是我在自己的村庄里建造的最后一座房子。

我从二楼下来，给祖父祖母买了烟酒和点心，陪他们说话，和父母吃了顿晚饭，就拎着行李去了机场。从下车到离开，在家一共待了四个小时。

阳光与阴影

一九九七年夏天,我的大一暑假,社会实践活动结束后我一个人回到学校,校园里空荡荡没几个人。学校为了安全和便于管理,把假期留下来的学生集中到一栋宿舍楼里,我和几个其他班级和系科的男生成了邻居。待在学校没什么事,就从图书馆里借了一堆文学书来看。那个时候很迷茫,不知道将来要干什么。之前我倒是知道的,很多年里我都想当个大律师,在法庭上纵横捭阖,把死人说活,让稻草变成金条。但高考很失败,报考的所有法律专业都没念成,最后进了中文系。律师梦显然没戏了。我对自己很不满,对念的大学也不满,整个大一我读书和学习都像赌气,因此成绩很好,书也读了不少。但这样的读书跟文学无关,而是与中文系有关,既在中文系,不读文学书又能干什么。我几乎是为读而读。

那个夏天的黄昏,我读完了张炜的长篇小说《家族》,穿着大短裤从宿舍里跑出来,很想找个人谈谈。我想告诉他,我知道自己要干什么了——我要当个作家。当时校园里安静得只有树上的蝉在叫，宿舍楼周围的荒草里飞出来很多小虫子。夕阳半落，西天上布满透明的彩霞，水泥地上升起看不见的热气，这个世界热烈但安宁。如果当时有人看见我，一定会发现我的脸和眼睛都是红的，跟晚霞没关系，因为我激动。我非常激动，找不到人说话，我在宿舍楼前破败的水泥地上转来转去，想大喊几声。当一个作家竟如此之好，他可以把你想说的都说出来，用一种更准确更美好的方式。刚开始读《家族》，我就发现我的很多想法和书里的很像，读到后来，越发觉得这本书简直是在替我说话。一个作家竟然可以重现一个陌生人，我感到前所未有的神奇，这个行当突然对我充满了不可抗拒的诱惑。为什么不当个作家？此前的文学阅读和启蒙，以及作为文学爱好者经历的诗和小说的写作训练，在合上《家族》的那一瞬间共同促成了我的决定：当一个作家。

就这么简单，一九九七年夏天我有了明确的未来，此后的十二年里不曾中断和放弃。现在回头想那个黄昏，也许不乏矫情，但你若能理解一个心高气傲的年轻人像困兽一样失去方向地绕了一年的圈子，并且一直摆脱不掉梦想破灭的失重感，你就能理解他在获得一种深深地契合他的方向时的激动和真诚。《家族》不是张炜最好的小说，那之后我也再没有重读，但它对我很重要。

一个说话的人都没找到，宿舍楼里空空荡荡。在这栋楼里，我的隔壁，住着一个同年级的中文系同学，姓潘，我一班,他二班。我们偶尔会串门聊天,之前我们从没说过一句话。他假期留在学校为了做家教挣钱,人很老实,如果做朋友,会相当可靠。我对他的了解就这些。我很想跟他说一说,只有他可以分享一下我的幸福。可他不在,那会儿应该是他做家教的时间。但他永远嵌在了那个黄昏,一想到我的文学之初,他就会梳着很不讲究的分头胖墩墩地出现在我的回忆里。

我想说的是后来,几个月后他死了,被三个二流子活活打死在离校门口五十米远的当街上。那个傍晚天刚刚有点凉,校门口正对的那条弯曲的小街这时候总是弥漫着烟火气。所有小饭馆都开着门,小老板在饭馆门前的火炉上亲自掌勺,烤肉串的、油炸里脊肉的、卖酒酿的、做水煎包子和胡辣汤的摊子乱糟糟地摆在路边,还有各种小物件小玩意的架子安插在空隙里,本来就不宽的小街更窄了。潘同学家教回来,骑着自行车穿过小街,不小心擦着了一个女孩的手臂,女孩惊叫一声。潘同学赶紧停下,一条腿支地问伤着了没有。没事,女孩子不过是胆子小了点,一只蚊子擦着胳膊飞过去也会尖叫。但和她同行的三个小伙子不答应,一脚把他连人带车踹倒在地,然后六条腿同时往他身上踢。围观者说,辩白的时间都没有,我暑假时的邻居就被活活踢死在路中间,内脏破裂。二流子们喝多了,刚从酒馆里出来,他们请了个拳师吃饭,准备拜那人为师学武艺。也许他们认为自己功夫在身了,应该提前施展一下拳脚。

出事的时候我刚从家里返校,一路车马劳顿有点累,正躺在宿舍里想歇一会儿。同学急匆匆告诉我潘出事了，那时候他躺在地上蜷成一只虾米，一动不动。我记得那晚宿舍的灯光昏暗，我床在上铺，睁开眼的时候一点不觉得光线刺眼。

围观者说，前后就几分钟。就那么几分钟，一条命没了，一个同学、邻居和兄弟没了，几个月前的一个黄昏我迫不及待要找他说说话，告诉他我决定当作家。他还在做家教。他死后，我对他的了解多了一些：家在农村，很穷，父亲做工时摔坏了腰，长年卧床，母亲精神不大好，弟弟不务正业到处游荡，潘同时做几个家教，挣的钱一部分支付学费和日常开支，剩下的寄回去补贴家用。他妈听到噩耗当场就昏过去，他是潘家的顶梁柱。

这些年我常常想到潘，想到人之恶、生离死别、无常和幻灭。他与它们和我和文学，以及我的文学息息相关。好几篇小说里我都写到了潘之死，我想象自己以不同的身份返回到那个现场，我想看清楚潘这一生最后的细节。这个总是做家教的兄弟，黄昏时我没找到，傍晚之后再也找不到的邻居。

放牛记

记忆很不可靠,现在我想在过往的时间里标出某事的起始点时,经常茫然,前头是省略号,后头还得是省略号,仿佛事情的确是无始无终。我现在就想不起我何时开始了放牛娃的生涯,又在哪一天彻底结束了这种生活。能想起来的就是一个囫囵的感觉,比如,我很小就羡慕那些吆喝牛马的孩子,觉得他们是豪放粗犷的英雄。他们身上有种野的东西,而我只是个温顺的可怜虫,身上被家人强加了众多文明和规矩。我总是衣裤整齐,指甲干净,不剃光头,站在他们身边像个走亲戚的陌生人。我不喜欢这些。我想和他们一样,只穿一条小裤衩,光着上身和脚,晒成黑铁蛋,坐在光溜溜的水牛背上挥舞自制的长鞭,雄赳赳气昂昂向野地里进发。能够大喊大叫,可以随地撒尿,无视课堂和作业,遇到仇人要打的架一个都不落下,轻易就能滚出来一身泥。我想当个野孩子,但是我既没有马也没有牛,没有牛马就没理由一个人往野地里跑,所以,很早我就怂恿父亲买一头牛。

我家的确需要一头牛。父亲是医生，农忙时经常搭不上手；祖父祖母年纪大了，体力活儿也帮不上忙；我和姐姐都小，还要念书；十亩田都要母亲一个人对付，运粮食时都没个帮手。父亲决定买牛，哪怕只用来拉车。草料我们不缺，每年稻草都烧不完；切草的铡刀也有，生产队分单干那年我替家里抓阄，抓到的就是一把铡刀。

买牛的那天我记得，你能想象我的激动。在下午，我和父亲去两里外的邻村牵牛，已经提前谈好了价。在邻村的中心路边，我头一次见到锯木厂，在一间大屋里，电锯冲开木料的声音在午后的热空气里格外尖厉，几乎能看见那声音在闪耀着银光。我停下来看阴影里的锯木厂，横七竖八堆满了木料，新鲜的木头味道和锯末一起飞溅出来。圆形的锯片发出陡峭的寒光，如此之大，过去一直困惑的问题终于有了答案，这样的电锯足可以把无穷粗无穷长的木头都给切开。之前我总为大树担心，为木匠担心，那么粗的木头该如何才能锯成薄板啊。

那头牛离锯木厂不远。那个人家的屋子也很大，两头牛站在屋子的阴影里。一头庞大的老牛，某年牛棚遭了大火，后背上的皮被烧裂了，红中泛白，看上去像凌乱的刀口，有点吓人。那头小母牛还小，吃奶的时候还要哼哼唧唧地叫，长得憨厚天真，我很喜欢。主人是个中年男人，说：回去调教半年，就能干活。他给小牛结了一个简单的辔头，缰绳递给我们，对着肉滚滚的牛屁股拍了一巴掌，我们就把牛牵出了门。现在我们成了它的主人。

小牛屁颠屁颠地跟着我们走,出了村才感觉不对,开始茫然地叫,表情如同迷途的小孩,但缰绳在我父亲手里,回不了头,只好一路仄着身子走,拧巴着被牵到我家。父亲提前给它盖好了牛棚,置了新铸的钢筋水泥牛槽。这一路走得我兴奋又纠结,想牵不敢,只能偶尔抓抓父亲手边的缰绳头;偶尔偷袭似的摸它一下,摸完了赶紧撤,怕它踢人。当然后来我知道,再没有比水牛更驯顺的动物了。

我经历了把一头小牛训练成壮劳力的全过程。换犄头,套车,驾辕,用声音和缰绳指挥行止,扎鼻眼,犁地,耙地。几年以后,我基本上成了老把式,可以一个人铡草、套车、驾辕,运送满满一车的粮食走在窄路上。我知道它回头看我是什么意思,知道它抬尾巴摇屁股是要拉屎还是撒尿。当然,这对我来说是副产品,我想说的还是放牛。

在大多数苦情戏的叙述中,放牛娃都是颗苦大仇深的种子,生活如此艰苦,童年如此惨痛,你看他整天放牛。很惭愧,我的革命觉悟比较低,人生的目标也不宏伟,我把放牛的生活看得相当美好:在当时,放牛部分地满足了我的少年英雄梦,让一个必须规整地生活的少年有了一个旁逸斜出的机会——必须承认,我们此生多少都有一些"反动"的念头,但大部分人最终还是按照路线图过了一辈子;就算现在,我具备了足够的反思与自省能力,我也不认为整天和一头牛走在野地里是件苦唧唧的事,相反,我以为那是我少年时代最快乐的生活之一。那是一个放松的、空旷的狂欢时代，虽然也不乏腹诽和厌倦。

因为放牛如同工作，不能想上班就上，不想上就扔了不管，但有时候你真想扔掉不管。放牛都在夏天，放了暑假我才有时间。三伏天的午后太阳高悬，蚂蚁都被晒蒙了，晕晕乎乎爬出的全是曲线；如果要去远处找水草丰茂的地方，那我就得早早地从午睡中爬起来，戴上草帽出门。牛蹄踏在焦黄的泥土上，腾起一团团的烟尘，整条路像铺了一层炒面。我直犯困，遇到树荫就不想再动，尤其经过河边，看那些戏水的同伴，你真觉得放牛实在是个负担。出门早未必能回来早，牛边吃边拉，看着它的肚子总是瘪的你会很着急，你要赶着回来看电视，某个动画的或者武打的连续剧已经开始了。那时候有电视的没几家，我要到隔条巷子的邻居家看，上百人聚在他们家院子里像看露天电影，去迟了站的地方都难找。但我还得等它慢悠悠地吃，直到它开始把精力放到苍蝇和牛虻身上，蹄子、尾巴都忙起来时，那差不多饱了，可以打道回府。让人烦的还有一个，大雨天。这不是放牛的好时候，但牛出不去你得出去，割草，干不干活你都得让它每天吃饱；家里自也备了干草，只是大夏天的芳草萋萋，你不让它吃新鲜的，不人道也不牛道。还是得穿雨衣戴斗笠挎篮子割草去。漫天雨雾，水汽蒙蒙的野地里就你一个人，蹲在草丛里形同消失，像我这种动不动就悲观的人，常常会觉得自己被这个世界遗弃了，那感觉也不太好。

不过这样的时候毕竟少，英雄主义的少年时代总体上是乐观向上的——放牛的确是件好玩的事。野地自由，有种无所事事的、透明的自然与放松。放牛通常是集体行动，几个放牛娃排成队伍往村外走，大家都坐在牛背上，屁股底下垫个麻袋。水牛走起来浑身都在动，骑牛更像坐轿子。后面的人打前面的牛屁股，一个跟着一个跑起来，六七头牛，都在撅着屁股跑，那队伍看起来很壮观。牛一跑，大肚子就一抖一抖的，活像巨大的金鱼腮在鼓鼓瘪瘪地呼吸。如果你是新手，最好抓住缰绳，夹紧两腿，能抱住牛脖子更好，否则你会觉得是坐在一个跳动的地球仪上，随时可能掉下去。有天黄昏，牧童晚归，我骑在牛背上慢悠悠往家走，有人对着牛屁股猛拍一巴掌，受了惊的牛撅起屁股就跑，我手里还抱着自己做的一根竹笛在专心地找音，连缰绳都没抓，牛一屁股把我送到了右前方的水沟里，半个脑袋扎进了淤泥。水牛极少有如此激烈的行为。我家养过的几头牛中，最激烈者就是第一头，也只有一次，那会儿它刚来我家不久。

刚离开母亲，它整天哼唧，再好的草也是吃几口就抬起头四下看，像无助的孩子在发呆走神。那个黄昏我们从野地往回走，突然它就狂奔起来，缰绳缠在我手上，拖着我也跟着跑。很难想象一头水牛能跑那么快，很快我就脚步踉跄，接着摔倒，我不想放开缰绳，在地上被拖了好几米，胳膊膝盖都磨破了，然后我松开了缰绳。那时候我刚放牛不久，担心它跑丢了，爬起来揉着伤痛处跟在后面追。它一直跑，在两里路外的地方停下来。我追上它时，它正围着一头母牛转圈子，东嗅嗅西闻闻，圈子越转越慢，最后停下来，伸长脖子对着虚空的远方悲哀地叫起来。母牛的主人跟我说：它找错妈了。远远地它以为两里外的母牛是它妈。认错妈的事还有几次，但都很温和。见到体态雍容的母牛就凑上去，闻着味儿不对，也就自觉地站到一边，哼几声聊以自慰。这几次之后，它就不再找妈妈，不知道是彻底绝望了还是情感自立了。

我向往牧童生活，显然是把这事理想化了。比如，我和所有人一样，想象牧童要在牛背上吹笛子。的确很多放牛娃在牛背上吹笛子，因为方便，因为有大把的时间需要挥霍，因为你要用另外一种可靠的声音来消磨漫长的寂寞。笛子大概是所有乐器里最贫下中农化的，不讲究，找截竹子挖出几个眼，不吹时随手可以别在腰里，也好学，盯紧了那几个眼就行。不像钢琴、小提琴（这两样在我放牛的时候都没见过真身），高雅，啰唆，反正我缺少背负小提琴放牛的想象力；就算唢呐，这最民间和朴素的乐器，拿在一个放牛娃手里也奢侈了，价钱高不说，喇叭头太大，哨子也过于娇气，一不小心弄裂了，那声音出来还不如不出。三十年来，我笛子吹得最好的就是和牛在一起的时候。后来我离家出门念书，巨大的课业压力让我整个暑假都得抱着书本，牛还在而牧童歇业了，笛子我几乎再没摸过，现在可能连音都找不到了。那时候我在牛背上吹，牛吃草时我躺在野地里吹，那声音没准很像一回事。

如果真要找一点和别的放牛伙伴的不同，可能就是我放牛经常带本书，课本或者小说。很多武侠小说都是在坟地里看的。乱坟岗子里草好，把缰绳缠到牛角上让它们自己吃去，我们找个形状合适的坟堆，铺上麻袋就着坟势躺下来，跷起二郎腿。想睡觉的睡觉，想唱歌的唱歌，想发呆的发呆，我想看书，从兜里拽出一本武侠小说来。清风徐来，头顶有松树遮阴，天上流云飞动，此时看武侠，几等于坐忘尘嚣，那一个白衣飘飘的侠义世界美不胜收——大虚乃是大实，大无中有大有。

父亲对此很不满意，这么好的时光怎么能看武侠呢，挑好的看，古诗文。我带到野地里的就变成《唐诗三百首》《千家诗》等书，也有祖父订阅的《中国老年》上的一些父亲认为好的旧体诗。那时候记忆力好，背书从来不是问题，现在差不多全就着稀饭喝下肚了，能记起来的也多半上句不接下句。在长文里，唯一还能全文背诵的，只有《岳阳楼记》。因为父亲觉得这文章好，他也能哗啦哗啦背出一大串来。

但事情就是这样，一旦成了任务，再好玩的也会无趣，放牛时背书对我而言成了折磨。随后我牵牛出门，希望口袋里空空荡荡，放牛就是放牛。可是，放牛没法只是放牛，我还想骑马。关于放牛时骑马，我在一个叫《奔马》的短篇小说里写过。在那个小说里，放牛的是我，骑了马的那个"黄豆芽"其实也是我。因为牛比马慢，因为马比牛高大、漂亮、洋气，放马的同伴总觉得跟咱们不是一个阶级，一高兴就不带我们玩，一不高兴也不带我们玩。因为跑得快，他们可以去找最好的草吃；哪个地方有个风吹草动，他们打马就去了，等我们的牛哼哧哼哧赶到，热闹已经结束，他们趾高气扬地高踞马背回来了。他们可以去偷西瓜、桑葚，看瓜看果的人永远不可能追上。最关键的是，他们可以到公路上和汽车赛跑。不需要马鞍，他们的屁股像长在马背上一样牢靠，风鼓荡起马鬃和他们扣子掉光了的褂子，传说中英雄的造型，要多拉风有多拉风。我们骑在土得掉渣的牛背上，只能流口水。

作为一个骑马爱好者，我想尽办法和他们换马骑。也许，一个牧童的英雄梦不仅在于你和一头牛走进空旷的野地，还在于你有机会从牛背上转移到马背上。事实上，在几年的牧童生涯中，我骑马没超过十次，我是说以那种接近英雄的造型端坐马上，我没法感到自己很拉风。和牛相比，马让我恐惧，可能是因为有一次我坐在邻居家的马背上，还没准备好它就四蹄生风，在打麦场上跨越一个矮草垛时，它前腿着地时把我扔到了地上，两个大蹄子贴着我的肋骨跳过去。稍有差池，我亲爱的肋骨、肚皮和内脏不知道会以怎样暴烈的形式平摊在这个世界上。现在想来，我还觉得后脑勺和肚皮上同时凉风飕飕。

如果非要给我的放牛生涯找一个遗憾，那就是没有痛快地在马背上当一回"英雄"。我猜所有的放牛娃可能都希望在马背上实现自己的"英雄梦"，因为牛跟马如此接近，区别又如此巨大。除此"英雄"，我以为放牛给了我一个几近完美的少年时代，放松，自由，融入在野地里，跟自然和大地曾经如此贴近。我在放牛时没能让自己成为一个野孩子，或者说没能成为我希望的那样的野孩子，不知道这个结果是好还是坏。往事总在回忆时被赋予意义，在放牛这个经历上，我更愿意就事论事，返回到当年的心境里，看一看当时的悲欢和忧乐。

念书日久，离家越远，再当不上放牛娃了。记不得哪一年，假期回家，牛棚里只剩下那个水泥牛槽，我很喜欢的那头牛卧在槽边死去了。再一个假期回家，牛棚也不在了，母亲说，牛槽送人了。

我家再不养牛。

最后一个货郎

　　待我披上衣服冲出院子,母亲却说,老张已经过去了。我是听到老张的拨浪锣声才急着起床的,往常这会儿早该起了,晴好的阳光漫进窗户总会及时惊醒我的两睛。今天是阴天,只能自然醒来。醒来了还赖在热被窝里,然后听到了老张的拨浪锣的声音,在浓阴的早晨里像阳光一样明亮地响起来。老张又来了。为了看一看老张,我从床上跳起来。
　　母亲却说老张已经过去了。我跟着他的锣声跑过一条巷子,在巷子口看见那一头他的侧影缓慢地移进房子的墙角背后。骑一辆三轮车,车上是一个用铁丝网做成的杂货箱,远远地看不清里面放着什么东西。他的右手把拨浪锣高高举过头顶,在阴冷的早晨摇出一串声响。
　　我有几年没见到老张,鸟枪换炮了,他把手推车换成了三轮车。母亲说,老张年纪大了,没力气侍候手推车,只好改三轮了。还说,老张有几次走过我家门前,还问起过我什么时候回来,他新进了几盒漂亮的彩糖。当然是开玩笑。他竟然还记得我,小的时候我死乞白赖地跟在他的小车后头要糖吃。

老张是个货郎,走乡串户少说也有二十年了。和别的货郎不同的是,他摇的不是拨浪鼓,而是拨浪锣,一个铁环中间拴住一面精致的小铜锣,多少年下来被敲得如同灿烂的黄金。如果说这些年家乡还是有些变化的话,之一便是一些乡间职业的垂危乃至消亡,比如货郎。我童年时期,街巷里每天都要走过好几个货郎,摇着鼓,敲着锣,推车的,挑担的,再后来是骑着自行车的。他们把针头线脑、铅笔小刀之类的小东西送到我们门前,填补生活中一些零碎的小缺憾。现在几乎绝迹了,母亲也说,除了老张,再也看不见货郎从村庄里经过了,都改行挣大钱了。

只有老张还坚持老本行,延续着货郎事业的唯一的香火。他是离我们五里路的邻村人,他们那个村子太小,不及我们的一半,所以总是到我们的村庄里来做生意。那时候他还推着独轮车,车上也是铁丝网做成的货笼,糖果、梳子、方格子本子摆在底下,玩具、气泡和花线、头绳挂在铁网上,走起路来车子花花绿绿地摇摆。小孩子都喜欢他,一听小锣声就从屋子里、草堆后蜂拥而出,围着他的手推车转,嘴里的口水风发泉涌。为了诱惑我们掏出口袋里焐了很多天的贰分伍分的硬币,他支起小马扎坐在车子前不懈地摇着小锣。叮叮当当的锣声敲得我们心里痒得难受,那里面可都是好东西啊。在我十岁以前的见识里,老张的货笼就是包罗天下的百宝箱,是一个缤纷绚烂的天堂,他会出其不意地拿出一件我们从未见过的小玩具。即使糖果也有很多种,圆如豆粒的彩糖、状如宝塔的酸糖,还有一年难得吃上一次的奶糖。

小时候,我狂热地喜欢老张货笼里的三样东西:彩色的糖豆、掼雷和塑料小枪。糖豆相对不是很值钱,一分钱可以买到两颗。但那时一分钱也不是说有就有的,口袋里最多装过两毛钱,藏在口袋里,手紧紧地攥着,手汗都快把那张毛茸茸的纸币浸烂了。到了上小学一年级时,要交三块七毛钱的学费,祖父把钱塞到我的口袋里后,我一直从外面捂住它,不是担心钱飞掉,而是想感觉一下那一叠钱的厚度和做富翁的滋味。我差不多以为自己是世界上最有钱的人了。我们没钱到供销社大商店里去买糖果,那里的柜台太高,踮起脚也只能看见柜台上矗立的巨大的酱油桶和白酒坛子。大商店里有很多美好的味道搅在一起,新出厂的橡胶鞋味、酱油味、白酒味,还有大商店里特有的稍稍刺鼻的清凉的甜味,那主要是糖果的味道。我们在柜台外面转来转去,大口地呼吸,直到售货员的两道眉毛在柜台上方高高地耸起,我们才赶紧逃掉。拍着口袋里的两分钱,发誓一定要找到老张痛快地花出去。

两分钱买到了五颗糖豆。是老张照顾我,伙伴们都看出来了,老张喜欢我,常常我没钱时也会给我一两颗糖豆,条件是我得弯腿拧胳膊,或者是动耳朵和头皮给他看。我有一些伙伴们没有的特长,这些特长为我从老张那里赢来了不少糖豆。我可以在身体站直了的时候两腿在膝盖处向后弧度很大地弯曲,像一张拉倒了的满弓，弯几次老张就给我一颗糖豆。开始拧胳膊。我把手背向上按在货笼上，胳膊弯向外转，肘部完全转到了后面，胳膊像麻花似的兜了一个圈子。再是绷紧脸上的肌肉，让耳朵和头皮在糖果面前激动地抖起来。我得到了糖豆，吃了一颗，其余的分给同伴。老张也该走了，拍着我的肩膀说，以后别弯腿了，弯出了毛病长大就当不成兵了。我最后没有当兵，腿也没弯出毛病，因为长大以后我的腿再也无法像小时候那样向后开弓了。我站直了。而老张，也只是嘴上说说，下次见了我仍然拿出几颗糖豆换取我弯腿的动作。

十几年前，我有一个缺乏玩具的童年。变形金刚之类的东西是在到了县城读高中时才听说，那会儿城里的孩子已经玩腻了，早不知把它丢到哪个角落里了。我的玩具都来自树上和地下，树枝削成的刀枪和泥巴捏成的坦克。最奢侈的，就是老张独轮车里的摔雷和塑料小枪。摔雷现在大概已经从这个世界上消失了，但那个时候每一颗摔雷响起时都为我们带来了一个盛大的节日。我们向往鞭炮的雷鸣和惊响，可惜那东西只在过年时才能过上一把瘾，平时从不单卖，大商店里也不会因为一两分钱把鞭炮一个个拆下来零卖。老张可以，他的摔雷可以散卖，不要点火，只需用力往地上猛地摔一下，火光之后迸出巨响和沙子，还有好闻的火药味久久不散。我们的零钱除了换来一些糖豆，其余的多半被摔到了地上，以享受一声声让我们惊叫狂欢的爆炸。

奢侈莫如塑料小枪。掌心大小，一根橡皮筋做牵引，可以装进沙子和黄豆作子弹。我们很长时间的奋斗目标就是那把塑料小枪，瘦弱单薄却要卖三毛钱。何其巨大的数目，我们的口袋离那把小枪远得让人绝望。可以捡玻璃卖，也可以割老鼠尾巴卖，老张提供了友好的提醒。遵照老张的指示，我们充满革命的热情去挣钱了。结果还算让人满意，我们捡到了玻璃，也捉到了老鼠，总算凑足了三毛钱。我期待老张的锣声早一点响起，常常在半夜里从床上坐起，迷迷怔怔就要往外跑，父母问我干什么，我说去买小枪，老张来了。

老张当然来了，可是塑料小枪卖光了。他免费送给我几个掼雷，答应过两天就去进货，一定给我留一把最好的，用黄豆作子弹也能射出十米以上。老张是否失约我已经记不清了，只记得十二岁那年我去了离家十里的镇上念中学时，我仍然没有一把自己的塑料小枪。我对它念念不忘，从一个同学手中高价买了一把。没有我想象的那么美好，绿豆装进去都射不过十米，子弹在半路上就跌跌撞撞地落到了地上。

出门以后我回家的时间就越来越少了，寒暑假里也会听到老张的锣声穿过巷子，但实在想不起有什么东西要买，就让他过去了。货郎渐渐少了，老张的锣声也跟着稀了，他有更多的地方要走。

读大学的一个暑假，我站在院门前发呆，听到了老张的锣声从后面的巷子向我家走过来。我对母亲说，老张来了，又说，现在老张越来越少了。母亲对我的说法颇感奇怪，什么叫老张越来越少，老张不是只有一个吗？我恍然，这么多年的疑问终于有了答案。村庄里的人都叫他老张,我以为这"老张"就是对货郎的称呼。我们这地方常有怪异的称谓,这当然是我离开故乡之后才发现的。多年来我时常琢磨老张到底是哪一个"zhang"呢?在探究"zhang"字时,我总是想到他们手中的拨浪鼓和拨浪锣,我以为它们在方言里被总称为一个什么"zhang"。原来只是大家对老张的尊称。

他的年纪的确不小了,当他把多年前的独轮车推到我面前时,我的确应该以"老张"来尊他了。老张说,小东西,回来啦?我说,回来了,老张,还有塑料小枪没有?老张笑了,满脸皱纹,牙都缺了两颗,长年推车,车襻把肩都勒弯了。他说,早没那东西了,谁还玩那个,都玩电动的了。他也知道现在的孩子都在玩电动手枪。我看了一下他的苍老的货笼,说实话,所有东西加起来大约也买不到一把电动手枪。

我问老张,生意怎么样?别人都不干了。

他说,不干这干什么?走了一辈子了,闲在家里就浑身难受,走到哪天算哪天,图个痛快。

已经没有多少人需要他的杂货了,孩子们也懒得围上去转圈子。如果说他们对老张还有一点兴趣,那也是受着锣声的吸引,没有小孩再像我们小时候那样,迫切地需要一两颗糖豆来安慰贫乏的生活了,尽管他们也和我一样称他为"老张"。我看着老张弓腰推着独轮车,步履老迈而又缓慢,也许他期望能在某一家门前停下来,但是所有人家的大门都紧闭,他们不需要他的商品。老张一路推着车子没有停下,没有停下的还有他的拨浪锣,孤独地响到巷子深处。

  如今他把独轮车换成了三轮车。走不动了,还是不愿停下,三轮车对一个老人来说要安稳和省力得多。听说老张现在并不缺钱,儿孙辈的孩子送给他足以颐养天年的所需,老伴很早就去世了,孤身一人的日子应该比较好过。他不愿意,还是每天早出晚归,慢悠悠地骑着变成了他的双腿的三轮车,一整天都在摇着他的拨浪锣。他不想停下,他知道自己一生的道路该怎样走到头。

祖父的早晨

一大早，他坐在秋风里。门前有两棵白杨，左边一棵，右边一棵。他倚着左边那棵的树干，坐在一个拴着藤条的小马扎上。杨树叶跟着秋风在地上转圈子，转来转去都堆到他面前，把他的两只脚埋了进去。吱呀一声门响，他心头一亮，转过脸看从门后伸出来的那个头。孙子扶着门连打了三个哈欠，问他："爷爷，你坐在这里干什么？"他说："没干什么。年纪大了睡不着，过来坐坐。"他和儿子一家分开住，两个院子，有什么事要转过一个街角才能来到儿子的门前。孙子把门打开，让他进屋坐，外头风凉，要吹出毛病的。他说没有什么，在风里都活了七八十年了，就想坐坐，贴着门坐坐。孙子在门前站了一会儿说："爷爷，那我回去收拾了。"

他安静地坐在门前，他也不知道自己想干什么。鸡叫头遍的时候他就醒了，怎么也睡不着。他就睁着眼听黑暗里的风声，风像一面面旗子从窗户外快速地飘过。之前他做了一夜的梦，一辈子也没做过这么多的梦。他梦见孙子一下一下地长大，一个梦里长大一次，连孙子刚生下来的模样都梦到了。这梦真是好，他清醒的时候曾花了半天时间都没能想起光溜溜的小生命是如何哭出第一声的。梦太多了，断断续续的像竹子似的一节一节地从睡眠里长出来。竹梢让他难过，他梦见孙子被火车带跑了。火车跑得太快，他来不及喊一声，铁轨又太长，遥遥的看不见尽头，他梦见孙子被火车载向了没有尽头的远方。然后就醒了，翻来覆去地想那列无限奔跑下去的火车。

从鸡叫第二遍起，他在门前一直坐到现在，老想着自己是不是丢了什么东西，摊开树叶仔细找找，什么都没找到。来来回回找了好几次，后来不再找了。什么东西都一样，找了三次都找不到，就不要再找了。就这样坐坐吧，也蛮好。儿子和媳妇从屋子里出来，让爹到里面坐，外头凉，担心冻坏了爹。他把手插在袖笼里，哑着嗓子说："我就坐坐。你们忙，多给带几件衣服，还有吃的。"

秋天的早晨总是阴恻恻的，所有的早晨都像要下雨。树叶还在堆积，一片两片地往他脚上爬。他坐在小马扎上慢慢地安下心来，坐得很稳，风吹不动他。就是脸和手有些干，摸上去沙沙响，像白杨树上剥落的皮。孙子端着热腾腾的饭碗走到他跟前，说："爷爷，吃饭了。"他看看孙子，心里也热腾腾地煮起了面。"不饿，"他说，"我就坐坐，快点儿吃，别误了火车。"孙子没办法，只好自己吃，吃饭的时候他伸头看祖父，他还端端正正地坐在那里，像个小学生，袖着的双手平放在并拢的膝盖上。

　　孙子收拾好了,提着行李从屋子里走出来,身后跟着爹妈。"爷爷,我走了,你在意身体呀,天凉了。"孙子说。他扶着白杨树站起来,怎么站都站不直,只好弓着腰双手背在身后,右手拎着马扎。他说:"走吧。走吧。"跟在他们后面一起往前走。巷子窄窄的,雨天留下的车辙把路面切成了条条块块,沟沟坎坎里积满了碎草和干结的牛粪渣。一路都有树叶贴着地走,一直走到巷子尽头。儿子和媳妇喋喋不休地叮嘱他们的儿子,两个人争着说。他听不清他们在说什么,他们说得实在太多了。他跟在他们后面慢慢走,小马扎一下一下拍打身体。他低头看地上孙子留下的脚印,把自己的也放上去,发现小多了,这个发现让他安妥了很多。他听到孙子在说话,孙子说:"别送了,回吧。"

　　他没说话,四处看看,找了一块平整的地方把马扎放好,撑着膝盖坐下。孙子又说:"爷,回吧。"他说:"你走你的,我就坐坐。坐坐。"他的目光跟着落叶继续往前走,走上眼前的大道,这条路宽敞漫长,通往村外遥远的看不见的地方。他眯起眼努力往前看,心想,这路是要通向火车的,当然越远越好。他又听到自己重复了一遍刚才的话:"坐坐,我就坐坐。"

想起无名氏

因为要做一项作业，这两天一直在看无名氏的《北极风情画》和《塔里的女人》。小说里绚丽之极的情爱和意气风发的语言，不能不显出潇洒博才的作者来。那时候的无名氏还年轻，二十六七岁的样子，正是人生的好年华。小说里男主人公身后影影绰绰的正是这个儒雅的无名氏，这是直觉。看了照片，果然，模样风流周正，还透出几分知识分子的真诚的腼腆。繁华富饶的一个诗人一般的人，写出这样的小说也算情理之中了。可是心里总有点东西梗着难受，细细琢磨，想起了曾经见过的那个无名氏，完全不一样的一个人。

大约是一九九九年，我还在南京读大学。一个下午去系里，好像是在办公室旁边的116教室，里面挤了一大堆人，门口也站着学生，个头小的踮着脚伸长脖子。我凑过去，挤了半天也没看到谁在讲台上说话。一个女生从里面挤出来，总算给我让出了一点地方。我抬高眼睛看见了讲台。一个刚刚准备开始的讲座。文学院院长，也可能是副院长，介绍旁边的一个矮个儿的老头，说老先生就是大名鼎鼎的无名氏，今天要为我们作一场精彩的报告云云。

那段时间我对一些莫名其妙的讲座失去了信任，常常以姑且听听的态度在人群里跟着挤一通，然后半途而废地出来。那天也是如此，纯粹是因为讲台上站的是无名氏，我才留下来的，那么多人让我呼吸都困难。

那时候的无名氏已经八十多岁了，老先生一九一七年一月出生，八十二岁了。穿得很整齐，好像是西装，但他的几近光裸的脑袋和方正的西装之间总有点出入，尤其是他的那张笑眯眯的年逾八旬的脸，慈祥与平和都有了，但是我总看不出什么真正的喜气来。大约那个时候我自己的坏心情在作祟。出入更大的是他的一口结结巴巴也说不好的普通话，也许是年龄大了，舌头调度不太灵光。

老先生的演讲本着草稿，那草稿也是我平生仅见的一个典范。草稿的提纲写在一张完整的大白纸上，约是打开的《人民日报》的两倍大。演讲的时候，老先生凑在白纸上到处找提纲，因为他写的时候匆忙又随意，不记得哪一部分写在折叠起来的哪块纸上了。只好伏在讲台上翻来调去地找他仓促的笔迹。演讲的内容主要是关于他的几部名作，很有些梦回唐朝的神往，看得出来，他对自己当年的成就颇感欣慰。具体讲了些什么我不记得了，但他的不悔少作的平和之态我却没忘记。老先生一直在谦和地微笑，还表达了对故里南京的思恋。他生在这里，正如《塔里的女人》中的南京，他说起南京时，南京的确是无名氏一个人的城市，有他的紫金山和中山陵，燕子矶和明孝陵，玄武湖和栖霞山，还有他的鼓楼、秦淮河和夫子庙。

那场讲座我听了一半还是退出来了，人太多了，我得时时翘首踮脚，累得脖子和脚都难受。心情也莫名其妙更难受，反正是不想听了，就从人群里悄悄地挤到了门外。

那段时间正是无名氏的声名梅开二度的好时候。自二十世纪四十年代以后，他的著作在大陆沉寂多年之后重新被发掘出来，也许老先生也有新生的快慰。这么多年他的日子似乎不太好过，在台湾也如此，经济上的折磨一直缠着他进入老境。现在想来，在他的老人的笑脸上，当时我不可能看不出容枯的幻变，只觉得比照现在，他年轻时的照片，失掉了希望和端正。那就是一张老人的脸，和其他任何一个八十多岁的老人没有什么区别，一例的没有内容的空洞的笑，像一张再也写不出字来的风干的纸。现在想来还让我心酸。

蒹葭苍苍

从五斗渠到大渠之间,浩浩荡荡地生着一片芦苇。在村庄方圆几里内,那是最为高大茂盛的芦苇。没有人知道什么时候长出了第一棵,什么时候又蔓延了这么一大片。父亲小时候到田里捡麦穗,遇上了几十年都罕见的大冰雹,就是躲在那片芦苇荡里。父亲说,谁会想到中午出门时还艳阳高照,傍晚就降下了满天鸡蛋大的冰雹呢。他把柳条编的小篮子顶在头上,捡了一个下午的麦穗撒落一地,篮子被砸坏了,他只好钻进芦苇丛,把自己裹在里面使劲地摇动芦苇,用枝叶扫荡出一块安宁的空间。从芦苇丛里出来,冰雹停了,天也黑了,远处的村子里传来无数小孩的名字,大人们都在寻找自家的儿女。几十年后父亲说,起风了,大风把芦苇荡卷起来,像煮沸的开水,发出鬼哭一样的呜咽声。整个田野里看不到其他人,父亲害怕极了,撒在地上的麦穗都没来得及捡起,就拎着坏掉的篮子慌慌张张地跑回家了。

父亲的意思是,风中的芦苇荡很可怕。若干年后,我七岁,一个人在黑夜里经过那片芦苇荡两次。

我记不起来父亲出去干什么了,只有我和姐姐在家。母亲一个人在田里。我和姐姐把晚饭做好后,等母亲回来。天很晚了,通常这个时候我们已经吃晚饭了,周围的邻居也早早收工,无数条炊烟飘摇在低矮的屋顶上。可是母亲还没回来。我和姐姐都急了。小时候我十分依赖母亲,一天见不到心里就发慌。每次母亲出门回来迟了,我都要站在家门口张望,直到她走进巷口我才安心。如果出远门,比如去外婆家,更不得了,走之前我要问清楚什么时候回来,到了母亲回家的那个傍晚,我会一个人沿着母亲回家的路一直走到村头,扶着那棵歪脖子小树向前望去,想象母亲是不是会变成另外一种样子。我到现在也弄不明白为什么会那么想,以至于母亲离开家前我都要盯着她的牙看。母亲的左边的前牙上有一个极小的黑洞,我想如果几天之后回来的那个人无论牙有多好,她都不是我母亲。

姐姐让我再等等,她问过前面小四子的妈了,说母亲正在赶活儿,趁着有点月亮干完了就算了。母亲还让带来话,叫我们先吃,不等她。可是我等不下去,我要去湖地里找,我坐在锅灶旁感到一阵阵干冷,我想,母亲一定也很冷,我要把她找回来。其实那会儿刚入秋,可我的赤脚在鞋子里直冒冷汗。姐姐问我害不害怕,我说不怕。姐姐说那你一个人去吧,我把猪给喂了。我拿了一件母亲的衣服出了门。

从家到母亲干活的田地大约四里路,先过后河的一座桥,再穿过平旷的打麦场,上了五斗渠直往北走,一直走下去,向右拐就到了。但是我从来没在晚上一个人去过。真正的一个人，过了后河桥连一个人影都没看到。出村的时候一点不害怕，满脑子里都是尽快找到母亲。我一路飞奔上了打麦场。村庄在我身后，狗叫和小孩的啼哭也在身后，听起来极不真切，像是跑进了另一个世界，然后我听见了自己的脚步声。巨大，在打麦场上产生了更巨大的回声，好像有许多人随我一起跑，我出哪只脚，他们也出哪只脚。最可怕的莫过于只听见自己的声音。我停下来，看清了七岁时的那个夜晚。它比我想象的要黑，月光是那个夜晚的同谋，暧昧的光亮只能增添旷野的恐怖。周围的树木和草堆黑黢黢地排列成一个圈，我站的地方仿佛是世界的中心。树木和草堆板着黑脸，在风中摇头晃脑，我意识到这个夜晚风很大。我继续往前走，抱紧了母亲的衣服。

　　真正的恐惧和我相遇在五斗渠上，我终于面对了那片芦苇荡。我得说，真是像海，它是一片桀骜不驯的翻腾的巨浪。风也许并不像我当时认为的那么猛烈，只是田野过于平坦辽阔，风可以像旗帜一样从远处卷来，而那片芦苇又过于惹眼，它是野外唯一的一堵墙。风必须经过它。于是我看见从第一棵开始，风拉弯了所有芦苇的腰，大风水一般地漫过它们，使之起伏具有了水一样的柔韧的表情，浪一样痛苦的姿势。弯下又挺起，涌过去又退回来。恐惧终于降临，我把自己送到了一头奔腾的巨兽跟前，听到它在黑夜里粗重又狂乱的呼吸，像一片森林突然倒下，像整座山峰缓缓裂开。

　　因为一片芦苇，大风得以在我七岁的夜晚存活。我听见了风的声音，杂乱，深不可测。如果有人告诉我，黑暗里藏着十万魔鬼，我信。芦苇的声音比芦苇本身更像魔鬼。我后悔出门过于轻率，因为恐惧而发抖，刚刚满怀的焦急和寻母的使命感被大风一扫而空。我不能半途而废，我对姐姐说了，我不害怕，我一定要把母亲找回来。我把衣服缠在手上，贴着远离芦苇的路的那一边磕磕绊绊地跑。跑几步就停了下来，也就是从那次起我知道，恐惧时不能跑，越跑越害怕。我努力放轻脚步走，坚持忍着不回头看。身旁的一大片庄稼像缓缓起伏的海，我听到风声、芦苇声、庄稼声和我的心跳声，感觉自己是走在梦里，整个身心失去控制似的摇摆不定。

那大概是我记忆以来走的最长的一段路，好像怎么也走不完。当时我什么都想到了，包括死。而且有关死想得最多，没有排除任何一种我所知道的死法。我想如果我死了，母亲该到哪里找我呀。我没有死，走到大渠上的老柳树下我停下来，我还活着，一屁股坐到地上，衣服被汗溻透，牙咬得两腮生疼。

我没找到母亲，她从另一条路回家了。而我又从原路返回，同样是一身冷汗。我想，走过了黑夜里的芦苇荡，任何恐怖的东西对我来说都无所谓了。但是当我走进村庄，看到第一户人家门缝里透出来的灯光时，还是忍不住哭了，一直哭到家里。母亲站在门口远远地问是不是我，我一声不吭，进了门就爬上了床。那个晚上我始终没说一句话，晚饭也没吃就睡了。夜间我的梦里长满了无边无际的芦苇和风，浩浩荡荡的黑夜之声贯穿了整个梦境。

纸上少年

　　书多了未必是件好玩的事，现在我常常要对着满架的书发愁。不仅架子满了，桌子上也满了，头从书桌上抬起来，才看见一个人的脑袋。高高堆起来的书摇摇欲坠，让我在抬头的那一瞬间发晕。什么时候买了这么多书？什么时候我又能看得了这么多书？没书的日子里眼巴巴地想书，想到了的都来了，两眼开始发直了。什么时候开始，读书开始丧失了快乐？那些书籍短缺的岁月，我的阅读不是这样，那时候还小，快乐得一塌糊涂。

　　我的文学启蒙很迟，小时候家里的书少，除了学校发的课本，平常阅读最多的主要是《半月谈》和《中国老年》，都是我祖父订阅的。现在想来，这对一个孩子是多么的不合适，但是当时我还是得到了莫大的快乐。开始像点样的必要的儿童阅读，只能是课本。那些课文大多忘记了，剩下的，因为各种原因才记住。比如安徒生的童话《卖火柴的小女孩》。

事实上我是用耳朵阅读了这个童话。小学时学校开联欢会，一个恒定不变的节目就是朗诵《卖火柴的小女孩》。朗诵的是一个姓李的男老师，大家都说他的普通话好。那时候身边没人说普通话，上课老师用的也是方言，听到有人当面说普通话，我的脸有时会莫名其妙地变红。同学们说，李老师要朗诵了，我们就把腰杆挺直了，心里有点慌。李老师果然是普通话，现在我想不起他是否字正腔圆，但他用的是普通话是没错的，和平常说话完全不一样。李老师情深不能自持，朗诵时转过身，他被卖火柴的小女孩感动了，满眼的泪光。老师都感动了，我们当然不在话下，一个个钻进故事里出不来，都眼泪汪汪的，脆弱的女生哭出了声。李老师的朗诵把校长也感动得直鼓掌，校长说，李老师的朗诵要作为联欢会的保留节目，每年都上，让大家接受教育。的确如此，每年我都听到这个朗诵，每年都眼泪汪汪，它让我第一次感受到了文学的力量。对我来说，李老师因为《卖火柴的小女孩》，和安徒生一样不朽。

我的小学时代有点混沌，对童话这种文体十分不明白，只是觉得好玩。五年级时，班上风传一本丢了封面的书，讲的是一个名叫小灵通的怪小孩，在二〇〇〇年到处都遇到好玩的事。大家看了都说好，抢着看。拥有这本书的同学因此很跩，脸仰起来看我们。要看此书者，必须不遗余力地巴结他。本来我是不喜欢巴结别人的，对传来传去的小书也不以为意，不就一本书嘛，又不是天书。没想到比天书还好看。我在课间顺便瞅了邻桌几眼，他在看，就是这个，一看就上了瘾。小灵通竟然能开着飞机似的东西到处跑,又跑到海边看轮船。这些都是我做梦想看到的东西。我歪着头一直看到上课。一节课心不安宁,想看,想得身上发痒。我得巴结那个同学了。放学了我很不好意思说,我们一起回家吧。事实上我和他根本不是一条路。但我陪着他,实际上就是把他送到家。他要进家门了,我红着脸提出了借书的要求。他的脸立马仰起来,俯视我,当然,最后总算借给我了。现在小书里具体内容我已经不记得了,就记得好看,一路看到家,我的勤奋让母亲狠狠地吃了一惊,走路都看书,这孩子变了。我看了两遍,从没看过这么好玩的书。因为这本书,我看着那个同学的凉鞋都觉得顺眼,也想母亲给我买。这个心愿一年以后才实现,穿到脚上发现,不过尔尔,不过是一双凉鞋。那本书就是《小灵通漫游未来》,叶永烈先生著。我跟很多小孩推荐过,看看小灵通吧,推荐的时候,完全忘了现在已经过了书中所说的二〇〇〇年;而在现在,我们还不能像小灵通那样驾驶飞艇到处跑,再多也不会相撞。

《快乐王子》是王尔德的,前些时候买了他的全集,又翻到了这个小童话。多年后再读,终于看到了快乐王子眼中的贫穷、苦难和爱。多年前还小,只觉得浮想联翩,要是能成为一只燕子,应该是一件不错的事。这里看看那里看看,虽然鸟的眼小,看的却比人宽广,世界的一角被一只燕子掀起来,露出了真相。快乐王子也不错,站得高看得远,披金挂银,眼睛都是宝石玛瑙,阳光一照,除了光,还是光。可惜最后倒塌了,燕子也死了,我很伤心。现在的伤心完全不同了,不再是一个东西消失的伤心,是王尔德的伤心。

《少年文艺》是初中时接触到的,在学校难得开一次门的阅览室里。整个初中三年我只进去过两次,进去了就看到这本杂志,上海的。南京的大开本《少年文艺》是高中见到的,也是在阅览室里,那时候阅览室开放的频率高了,连着上海的《少年文艺》一起看。难得的两次阅读使我对这本杂志念念不忘,莫名其妙地喜欢。念了高中后,我把能找到的《少年文艺》都看了,不管南京的还是上海的。然后开始想写东西,一点小诗,还有散文什么的,尤其小说,高二时写第一个小说前,我把阅览室里的《少年文艺》里的小说又找出来看了一遍,以便找到榜样和信心。做了好几年《少年文艺》的读者,念大学时的一篇文章终于在南京的《少年文艺》上发表,总觉得算是了了心愿,至于什么时候萌生的这心愿,完全不记得了。而与《少年文艺》的关系,也逐渐疏远了。

很多人问过我,现在写小说是不是因为小时候启蒙工作做得好?完全不是,正儿八经的儿童读物我多半是后来弥补上的。比如郑渊洁童话,我高二才开始读。真是疯狂地喜欢。家里给的生活费省下来,每期必买,同时逐期往前买,把过期的郑渊洁的《童话大王》一本本收集起来。高二高三两年,积累了一摞。不包括被数学老师收缴的那些。我偏科很严重,从高中就开始不喜欢数学,上课就走神,看了郑渊洁的《童话大王》以后更走神。高二的数学老师是个年轻的女教师,喜欢点学号末尾是6的学生回答问题。我是36号,几乎没节课都要遭殃,她喜欢提问,我喜欢在数学课上看《童话大王》,她提问我总是听不见,完全被童话迷住了。她就生气,一气就收我的《童话大王》。收了我也不敢要,如果她老人家现在还常常想当年,一定会在记忆的某处发现《童话大王》,这些杂志是一个不听话的学生上课走神的罪证。

去年的六一儿童节前后,我在书店里瞎逛,先后碰到了两个孩子问售货员同一本书,曹文轩先生的《草房子》。他们都是小学生。我觉得他们很幸福,这么小就能看到《草房子》这样优秀的儿童小说。这个小说的好,在中国当代文学里已是不争的事实,它的纯净和美,越来越让变质的成人世界汗颜。"感动孩子们的,应是道义的力量、情感的力量、智慧的力量和美的力量,而这一切是永在的。"(曹文轩先生语)事实上,感动的不仅是孩子。我在二十多岁的时候读了这本小说,它让我对过去的很多认识产生了怀疑。我看到了过去所坚持的、所欣赏的,竟有那么多的问题,它们不同程度地远离了质朴、纯美、清静和安宁;我以为那些有力量的,其实是虚弱的,我以为的所得,其实是错过和失去。古人说"澡雪精神",大约就是这样。

又一个儿童的节日要到了,我倚老卖小的检点让我发现,一个人不是一下子长大的,都有着漫长的年少时光。当然,如果其间的阅读是快乐的,年少的时光就不会太漫长,它会变短,像青蛙的三级跳,从一本快乐的书跳到另一本好玩的书,跳到又一本美好的书,三跳两跳就到了现在。

天黑以后

亮了一下,然后彻底灭了,屏幕上只剩下一块方方正正的幽蓝的黑。我以为又是老毛病,电脑耗电过大把保险丝给烧坏了。还没出门就听到隔壁的何老师在叫,问我是怎么回事。我说大概是保险丝又坏了,在抽屉里摸了半天,打火机不知到哪儿去了,更别提火柴了。我至少半年没见过火柴了。现在谁还需要这东西,尽管我一直都很喜欢闻火柴点燃时的味道,但我不可能时刻保存它们,城市生活不需要,这里没有火柴的位置。火柴在今天已经成了一个乡土概念,和锅灶、路边的野火和田间农民嘴上的烟卷生活在一起。城市里最多用用打火机,而我不抽烟,连打火机都没有。所以,停电的晚上我不可避免地成了一个瞎子。

事实上,半个城市在这个晚上同时成了瞎子。是停电。我摸黑站到了窗户边,两眼仍是一抹黑,目力所及的城市上空静卧着浓重的黑暗,不见灯火,没有声音,好像所有人集体失语。面对突如其来的黑暗，我们不知所措。的确，在城市里想得到一个完完整整的黑夜是多么不容易，没有灯光的夜晚在城市是不可思议的。这意味着破坏一顿晚餐，终止一场交易，打断一个长吻，结束一段爱情，报废一堆产品，甚至耽误一个生命，最不起眼的，对我来说，中断了正在进行的写作。前面的两栋楼房只呈现出两个巨大的钢筋水泥的固体和无数黑得幽深的窗子。他们还没反应过来。也许一块肉还愣在嘴边，一只手还停在半路，一口呼吸只进行到一半。何老师问我有没有蜡烛，我说哪来那东西。何老师接着说，是啊，都什么年代了。我们是否真到了不需要火柴和蜡烛的年代？前面的居民显然也找不到蜡烛。逐渐有人从黑暗中苏醒过来了，闪烁不定的火光从一些窗户里飘摇而出，是抽烟的男人在自豪地炫耀他们的工具。也仅仅是昙花一现，即使他可以从口袋里同时掏出五百个打火机，也无法制造出一支蜡烛的永恒的光芒。打火机最终不会在这个夜晚给我们带来心安的光明，他们没有蜡烛。这时候我听到学生宿舍区传来欢呼，他们对这久违的黑暗报以孩子般的激情。长久以来，他们在夜晚的光明中遵守学校晚息制度，一板一眼地恪守社会提前培训的生活规律训练。大概连他们自己也没想到，竟是一团漆黑把他们拯救出来了。相对于学生，眼前的教工家属区就矜持和体面多了。听不到一点声音，抱怨、惊叹、交谈、无所适从，统统销声匿迹，连小孩的哭声都睡了。但他们慌乱地沉默着，寻找可以复明的眼睛。何老师在灯灭之后发了一分钟的呆，然后开始翻箱倒柜地找打火机，他不停地重复同一句话,我记得买过一个打火机的。

  为了看清这个停电的夜晚,我走到阳台上。风不小,和黑暗一样密集。我第一次发现我所生活的这个小城原来并不是很小。往日在楼上观看城市,目光总被霓虹灯和污染过的空气阻断,被喧嚣的市声分割,感觉城市仅是一个圆形的高压锅,拥挤,逼仄,每个人都要踮着脚生活。纯粹的黑夜扩大了城市的面孔,在高楼之上,黑夜像大地一样展开,平坦,辽阔,苍茫,看不到尽头。应该感谢停电,它成全了城市,使之复归于大地,由大地而起的必将回报于大地,用一个与大地同样丰饶辽阔的平面,像这个难得的夜晚,用它的无边无际。理应感谢,这个夜晚让我看到了生活其中的城市的沉静的一面,伏卧大地之上,喧嚣止处呈现出大地的品质。

  像乡村的夜晚。二十岁之前我在田野里游荡,我的记忆里,乡村的白天和黑夜几乎无所区别,一样的成为发肤血肉,一样的固执深刻。小时候没见过电灯,所有的电灯、电话、电视机都在课本上,无法看到灯光的颜色,更想象不出电视机是如何说出不同的声音,不知道那么多人在一个小箱子似的东西里怎么生活。后来我家装上了电话,我奶奶第一次接电话时把听筒放在了嘴边。不像城市,白天和晚上几乎没有区别,乡村的黑夜就是黑夜。乡村的黑夜意味着太阳和尘土落地,火柴、油灯、蜡烛和月亮升起来。除了个别晚上我在煤油灯下看书,多数夜晚是在月亮地里度过。家里开始用的是罩灯,罩子是透明的玻璃做的,风进不去,油烟也不会到处乱飞。在罩灯下看书我没有特别的感觉，直到有一天灯罩被打坏，灯膛摔碎，不得不做一个简易的油灯替代，我才意识到，能坐在罩灯下是多么幸福的一件事。简易的油灯我做过很多个，找一个稍微大一点的铁盖子玻璃药瓶，在盖子上挖一个洞，捻一根纱布做灯芯，倒上油点着就成了灯。这种灯火焰小，油烟大，整个房间一会儿工夫就云苦雾罩，进来的想出去，出去的难以进来，第二天早起，满鼻孔都是烟灰。那时候我羡慕过电话和电视，尽管不知道它们到底是些什么玩意儿，但从没渴望有一盏自己的电灯，因为电灯底下的生活远不如月亮地里的好玩。那是一个人不需要灯的时代。

月悬半空，高过村庄的一棵棵冲天白杨，三五成群的小孩凑到一起了。在有利家的屋山头倒拐，或者从海英家的草堆分散，玩藏猫猫。倒拐是一种基本的集体运动项目，两军对垒像古代的沙场鏖战，人人扳起一条腿，独立战斗，用这条不能放下的腿去进攻和防守，一群小孩山呼海啸，月光随意揉捏我们的影子，忽大忽小忽长忽短地在地上游动，乱人耳目，草木皆兵，个头大的突然起跳，可以将自己的拐压到矮小者的肩上，对方的那条腿摔落下来，双脚立地站得最稳时，就成了败军。月亮地里什么都看得见，除了时间，总是父母告诉我们午夜是什么时候来到的。父母们被自家孩子的喊声惊醒，踢一下脚边，空荡荡的，孩子的喊声在窗户外。他们一个个披衣下床，不需要睁开眼睛就出了门，拇指和食指盯住那个叫得最响的小孩的耳朵，那是自己的儿子。一路拎回家去。

如果大家兴致都好，不愿早早回家，就去藏猫猫，就是捉迷藏。这样可以村前村后地跑，父母是抓不到的，即使后半夜回家也不会挨揍。大人们常常会在月圆之夜到田里干活，月光明亮，麦子、水稻、高粱、玉米和白天一样清晰，而且像赶路一样，晚上比白天更出活，庄稼一放一大片。活干完了，他们也累了，回家倒头就睡，哪还有心思和力气去教训小孩。我们尽可以月上西天再回家，动静小些，开门关门，脚也不洗，浑身水淋林地爬上床，小心父亲的呼噜和咳嗽。这些只有月亮看在眼里，月光从窗户进来，画一个水一样的方框，我们像头小兽一样蜷曲着身子，疲惫地睡在水上。那时候跑得可真远，两三个人竟远离了村庄，跑到了田野里。大概也就在那些夜晚，我才知道生我的村庄原来这样小，几步就跑出了炊烟、狗咬和伙伴们的追赶；同时发现野地那么大，随便一棵什么树都可以替代我的位置，我，我们，在夜一样宽广的大地上，在大地一样宽广的夜里，完全可以忽略不计。月光明晃晃地照着，惊动了偷食的老鼠、夜游的长虫、搬家的蚂蚁和巡视的猫头鹰。布满车辙和牛蹄印的土路上，匆匆穿过这些小东西慌乱的影子。我们趴在麦地里，明知道不会有人找到这里，我们还是一丝不苟地趴着不动，体会着被寻而不遇的快乐。短暂的消失，伏在大地之上，与之肌肤相亲，和麦子们在一起，听它们拔节的声音和成熟的叹息。一定有人在大地上睡着了，梦见和麦子一起生长，听到大地的汁液流进身体的汩汩之声。伏在大地上，感觉世界是整体的，它是一个巨大的球，缓缓地转动，人和每一棵树、每一株麦子一样,是大地的一部分,夜包裹着你,月光包裹着你,夜、月光、你、这个世界,不可分离。

很多年后,当我从麦田里站起来,像个人物似的在大地上走来走去时,我得到的却是一个破碎的世界,一个在地图上被红色、蓝色的线条分割过的世界,世界变成了一个平面,而不再是一个巨大的球,像一个切开的生日蛋糕,有了不同的方向。多年以前的纯粹的夜、月光、麦田、野地、伙伴,没有一样可以带到城市里来。这里没有煤油灯,没有倒拐、藏猫猫,没有夜间穿行的老鼠、蚂蚁、猫头鹰和蛇。这里是一个电的世界,一种可以取消黑夜的东西,把生活打扮得花枝招展,同时让人远离一些东西。

暑假我回家,天热得受不了,偏偏一棵树砸坏了电线,接连几天没电。在单位要么空调,要么电扇,房间里永远是春天,现在好了,夏天结结实实地来了,赶都赶不走,电扇不转,拿什么赶。喘口气都汗流满面,更别提午觉了。午饭过后我就坐到树底下,拼命地摇动扇子,还是热。父母他们就无所谓,照样睡他们的午觉。可我不行,我的皮肤和感觉已经被一些电的派生物改造过了,真是滑稽,我回到家里,竟发现自己和家并不一致。有什么东西悄悄地把我们的生活篡改过了。最要命的还不是热和午觉的问题,而是如何打发晚上的时光。我习惯在晚上看书写作,现在却不行,屋子里蚊子可以吃人,蜡烛的光焰微弱且跳跃不止,本就烦躁,哪里还能看下什么书啊。我于是出门,到大街上往人多的地方挤,我迫切需要尽快将夜晚打发掉。白天在太阳底下，我可以干很多事，看书，钓鱼，逗邻居家的小孩玩，但是晚上，停电的晚上，我什么事都干不了，连一场随心所欲的聊天都不能胜任。整个村庄都在聊天，会唱的还来两嗓子，停电对他们来说跟其他的夜晚没什么两样，他们按照我小时候同样的方式生活，我装模作样地混迹其中，努力想做好一个听众，但是我精神不能集中。多大的讽刺啊，长大了我竟然不会生活了，在停电的夜晚，我成了故乡的可怜的异乡人。

也许不止我一个人在停电的夜晚突然不会生活，整个城市在这个时候都不知该干什么。我在阳台上站了不长时间，很多人家的电话纷纷响起。我知道他们要说什么，他们在相互询问对方，这个夜晚该怎么过，以及什么时候能来电。在城市里，我们逐渐变成了另一个人，另外一种东西。胃里被准时的一日三餐装上了闹钟，其精确度不亚于北京时间，当中午十二点的钟声响起，我们像巴甫洛夫的狗一样想起了饥饿。思维被通上了电，电灯、电话、电视机、影碟机、电脑，告诉我们该怎样思考，我们的生活前所未有地规律，日复一日地做昨天早就做过的事。如果其中的某件东西突然丢失，我们的身体会和生活同时被打开一个缺口，生活的阵脚立刻紊乱。电这种东西，给人类的黑夜再造了一个太阳，改变的却不仅仅是人类的半个生活。

姑妈家那儿第一次通上电是在一个夏天的傍晚。之前很多天人们就在兴奋地议论，电到底是什么。那里相对落后，周围都送上了电,他们的村子是最后一个,经常出入村庄的人告诉邻居,别处的电灯是如何如何明亮,听得他们心里着急得难受。当时我在姑妈家和表哥玩,表哥说,通电的晚上要在打谷场上放露天电影。我们早早地去占了地方,姑妈说好了要去的,后来竟没去。我记得家家户户早把电灯开关开了,通上电的那一瞬间,整个村庄一片通明,自从村庄里住上第一户时起,没有一个夜晚如此明亮。大人小孩都叫起来,据说不少七老八十的老头老太太高兴得哭了。电影散场以后,我们回到家里,发现姑妈正和几个患白内障的老太太坐在灯光底下聊天。问过了才知道,姑妈原打算看电影的,碰巧几个眼神不好的邻居过来串门,就拉上家常了。她们也想看电影,但更想看一看电灯是怎样亮起来的,她们以为白内障会给她们带来后半辈子的黑夜,因此在黑夜来临之前要好好看一看灯光,看一眼少一眼。她们一直盯着陌生的灯泡,也许整个村庄就她们几个最幸运,她们看到了一个玻璃做成的透明的球变成光明的全过程。姑妈说了,她一辈子都忘不了。

我不知怎么突然想起了这件事,那时候我坚定地认为电是一个好东西。它曾经因为突如其来而激动了无数人,但若干年后,它却因为突如其去而闪了更多的人。它的到来使人在黑夜也能找到生活的路,而它的短暂离去,却使越来越多的人突然间发现,不知怎样才能活下去。

冬至如年

　　人老了对生命和死亡的看法会变。七十岁后，祖母突然热衷于谈论死亡。之前有二十年她对此毫不关心，每过一天都当成是赚来的，一年到头活得兴冲冲的，里里外外地忙，不愿意闲下来。这二十年的旷达源于一场差点送命的病患。五十岁时，医生在我祖母肺部发现了可疑的阴影，反复查验，尽管好几家医院都说不清楚这阴影究竟是个什么东西，但结论惊人地相似。当时正值寒冬，马上到春节，医生们说：回家准备后事吧，过不了这个年。那时候中国还处在暗哑灰暗的二十世纪七十年代，医生的话跟老人家的语录一样权威。一家人抱头痛哭之后，把家里所有的钱都拿出来，又借上一部分，决定再跑一家医院。去的是大城市里的一家军队医院，在遥远的海边。其实也不远，一百里路，但对一个一辈子生活在方圆五公里内的乡村女人来说，那基本上等于天尽头。我祖母有生以来第一次看见了大城市，有楼有车，马路上的人都有黑色的牛皮鞋穿，她觉得来到了天堂里，死也值了。她做好了准备。可是医生在经过繁复的检查之后，告诉我们家人：尽管没查出明确的毛病，但应该也不至于死，回家好好活，活到哪儿算哪儿。

等于从鬼门关前走一遭又回来，祖母满心再生的放松和欣喜，决定遵照最后一个医生的嘱咐：活到哪儿算哪儿。就活到了七十岁。七十岁的时候身体依然很好，好得仿佛死亡的威胁从没降临过。这个时候，祖母突然开始谈论死亡。那时候我念中学和大学，每年只在节假日才回家，一回来祖母就跟我说，在我不在家的这些天，谁谁谁死了，谁谁谁又死了。白纸黑字，好像她心里有本录鬼簿。祖母不识字，也不会抽象和有逻辑地谈论死亡，她只说一些神神道道的感觉。有阵风过去，她就说，有人死了。一块黑云挡住太阳，她就说，谁要生病了。满天的星星里有一颗突然划过夜空，她就说，某某得准备后事了。有一年暑假我在家，祖母坐在藤椅上觉得浑身发冷，她跟我说，这一回得多走几个人了。

的确，年纪大一点的老人经常会约好了一起死，七十五岁的这个刚埋下地，七十四岁的那个就跟上去了。一死就一串子。过去我不曾在意过。到祖母七十多岁开始不厌其烦地谈论死亡时，我才发现，在乡村，死亡真的像一场瘟疫，开了一个头，总会一个接上一个。所以祖母说，你看巷子里的风都大了。她的意思是，人少了，没个挡头，风就可以越来越肆无忌惮地满村乱跑了。在七十多岁的某一年，祖母开始抽烟、喝酒。过去活得劲头十足，每天都像过年，现在要把每天都当年来过。七十多岁了,祖母还是很忙,但动作和节奏明显慢下来,从堂屋到厨房都要比过去多走好几步,往藤椅上一坐,经常一时半会儿起不来。她肯定很清楚那把老藤椅对于她的意义,所以经常擦拭和修补;她坐在藤椅里慢悠悠地抽烟,目光悠远地对我讲村里已经发生的、正在发生的和将要发生的死亡。

现在想起祖母,头一个出现在我头脑里的形象就是祖母坐在藤椅里抽烟。祖母瘦小,老了以后又瘦回成了个孩子,藤椅对她已经显得相当空旷了。她把一只胳膊搭在椅子上,一只手夹着烟,如果假牙从嘴里拿出来,吸烟时整个脸都缩在了皱纹里。除了冬天,另外三个季节藤椅上都会挂着一把苍蝇拍,抽两口烟她就挥一下苍蝇拍。有时候能打死很多苍蝇和蚊子,有时候什么都打不到。这个造型又保持了二十年;也就是说,从祖母热衷于谈论死亡开始,时光飞逝中无数人死掉了,祖母在连绵的死亡叙述中又活了二十年。

临近九十岁的这几年,祖母每天都会有一阵子犯糊涂。除了我,所有半个月内没见的人她都可能认不出来。即使是我,她最疼爱的唯一的孙子,有一次在电话里也没能辨出我的声音。我在北京,隔着千山万水跟她说了很多嘘寒问暖的话。然后她放下电话,跟我姑妈说,刚才有个男的打来电话,让我多喝水,多吃点东西,谁啊?

还有一个重大变化,祖母不再谈论死亡。烟还继续抽,酒也照样喝,一天里有越来越多的时间坐在藤椅里,偶尔挥动苍蝇拍，话也越来越少。死亡重新变成一件无足轻重的事。

因为间歇性的糊涂，我们经常把她的沉默也当成病症之一，看她安详地坐在藤椅里，不忍去打扰。只有等祖母想要说话了，我们才陪她聊一聊。祖母开始谈论各种节日和节气，往欢欣鼓舞上谈。这个我能跟她老人家谈得来。土节、洋节，各种稀奇古怪的节日，我基本上都知道一点，传统的二十四节气也能扯上几句。我还不识字的时候，就会背二十四节气歌和一些农谚了，这大概是大多数乡村知识分子家庭里的孩子都要经历的最早的知识启蒙。不过启蒙完了也就完了，跟土地渐行渐远，与乡村为数不多的联系之一，也仅是靠着那点童子功，能把二十四节气有口无心地顺溜地背下来了。祖母在谈论这些节气时像回到了二十年前，而一旦回忆起在这些节气中的个人史，祖母思路之清晰，简直就是回到了四十年前。某年某节，某件事发生了。某年某节，某个人如何了。她用她为数不多的清醒时光回忆了九十年里的各种节日和节气。

"那个时候，"祖母说，"我就想活到过年。"

我明白。医生当时断言，她过不了年。"都过去的事了，奶奶。"

"现在不想了。过了年也就那样。"

祖母的口气里有一个胜利者在。但她对春节还是相当看重。实际上是最看重，在她的数点里，一生中最大的事情不少都发生在这个天寒地冻的日子里。因为过年的时候一家人总要团聚在一起，一夜连双岁，是终点也是起点。

但祖母去世在冬至的那一天：她完全是掐着点儿要在那天离开人世。这当然是我们事后的推断和发现。

是我们迷信么？祖母能决定自己的死亡？我们一直在怀疑，但不得不承认，从祖母决定不再进食开始，她的确就一直在掰着指头数。冬至前的半个月，祖母从藤椅上下来，经过走廊前的台阶时摔倒了，摔裂了右脚踝骨。就算对一位九十岁的老人来说，这也不算多大的伤。对祖母来说更算不了什么。在之前的五年里，因为股骨头坏死，祖母相继动过两场大手术，第一次植入了人造的左股骨，第二次植入了人造的右股骨。换了两根骨头，祖母依然能够拄着拐杖到处走。

踝骨骨裂无须大惊小怪。不过伤筋动骨一百天，需要耐心。照理治疗，上药，打石膏，上夹板，休养。祖母枯瘦，医生建议打点滴给祖母消炎和补充能量，以利于恢复。这个建议很好，祖母在医院里静脉注射了几天药水，出院后回到家，某个早上突然决定不再进食。祖母自己的决定。祖母多年来一直是过于有主张的人，说一不二。开始还愿意喝点粥，两天后，一粒米粒都不进，只喝稀汤，然后稀汤和牛奶也不喝，只喝白开水，很快连白开水也不愿大口喝，只能过一会儿喂一汤匙，润润喉舌。十二月天已经很冷，祖母躺在床上，你把她两只胳膊放进被子里，她就拿出来，两手交叉，闭着眼，缓慢地掰着手指头。不说话，只是一遍遍数手指头。给她挂水打点滴更不答应，连着针头一起拔了扔掉。不吃，不治，闭着眼数手指头，数得越来越慢。直到某一天，手指头不再数了，很长时间才能艰难地睁一次眼。祖母不再说话,除了嗓子里偶尔发出的痰音,再也没有说过一句话。

一大早我还躺在北京的床上,母亲打来电话,说祖母可能要不行了,抬头纹都放平了。乡村里的死亡有一套自己的伦理和秩序,抬头纹摊平了意味着是眼瞅着的事。我赶紧往机场跑,回到家,祖母躺在床上,睁了半只眼看了看我,接着又把眼睛闭上。我不知道这一次她老人家是否认出来她的孙子来。祖母没吭声,再也没吭过一声。

接下来是残忍却无可奈何的漫长的守候过程。漫长是指那个煎熬的过程,残忍也指的是那个煎熬的过程,你知道她在奔赴死亡,你知道无法救助,你还得眼睁睁地看着她的生命一寸寸地从她的身体上消失。这种守候完全是一种谋杀。一天过去,一夜过去;又一天过去,到晚上,祖母早已经神志不清,你知道缓慢的死亡对她也是煎熬,但你也得顺其自然。先是胳膊不再动,然后是腿不再动;祖母偶尔转动一下脖子的时候,九十三岁的祖父经过祖母身边(这也是在他们共同的生活中,最后一次经过祖母身边,其余时间祖父把自己关在房间,一个人悲伤和回忆),祖父说:

"她要等到十二点。"

十二点就是半夜,零点,是新一天的开始。被祖父说中了,十二点左右,祖母突然挺了一下身体,不动了。再没有比那夜更漫长的夜晚。

的确没有比那夜更长的夜晚。那天是冬至。那一天太阳光直射南回归线，北半球全年白天最短，黑夜最长。那一天在北方，是数九寒天的第一天，明天会比今天更冷。

我们的哭声响起。祖父在房间里说："这日子她选得好。"

是不是祖父都知道？他们在一起生活了七十年。祖父说，这一天要吃饺子，要给祖先烧纸上坟，这一天要当成年来过。我知道往年冬至也要吃饺子、上坟，但从不知道这节气有祖父这一次语气里的隆重。

安葬了祖母，我查阅相关资料：这一天，"阴极之至，阳气始生"，古时它是计算二十四节气的起点，也是岁之计算的起讫点；这一天如此重要，仅次于新年，所以又称"亚年"；民间常说，"冬至如大年"，"大冬如大年"。

祖母过了年，也到了冬，圆满了。愿她在天之灵安息。

四个住处一个家

在北京六年多我住过五个地方，除了现在我端坐其中敲键盘的家，之前四个我更习惯依次称之为"宿舍""小屋""芙蓉里""海淀南路"。

宿舍在万柳学生公寓，北京的西北角。二〇〇二年我来报到，出租车司机绕了半天才找到一个尘土飞扬的大工地，马路修了半截子，很多年轻人拎着行李在一幢巨大的楼前出入。司机说，只能是这里。那时候海淀区政府和公安局还是一片荒地，中关村三小尚无踪影，康桥水郡、万城华府等高档社区的地基上散布着低矮破旧的平房，工人们走在尘土里。完全是都市里的乡村。这样的北京我有点接受不了，太不像样了。当时我对"都市化"的想象还停留在小城镇阶段，以为这个地段要繁华起来，那是雄关漫道真如铁，而今迈步从头越。但只几年过去，不变的就只是公寓西边的昆玉河水在流，忽如一夜春风，高楼从大地上长出来，半空里是楼房，地上挤满了人和车，成了都市里的都市。那时候我不知道楼房是都市的先遣队，它们开到哪里，"都市化"便会立马将周围占领。

与宿舍隔一条马路的是万泉新新家园，还有一个我忘了名字的高档住宅区，据说住着柳传志等人。当时的房价每平方米八千元，我们同学都觉得贵得离谱，现在据说已经好几个八千了。老同学聚会说起来，拧胳膊拍大腿地后悔，要是当年咬咬牙跺跺脚买上一两套，哥们今天就是好几百万的富翁了。可是，哥们当年在哪呢？买双拖鞋都得挑最便宜的。

过了昆玉河是远大路，我站在西向的窗前看河对岸金源购物中心一寸寸建起来。传说是亚洲最大的超市，我就奇怪，如此庞大的超市有多少东西可卖呢？觉得建得挺花哨，周身用了很多种颜色的瓷砖。建成了，我和同学瘪着口袋去参观，哪里是什么超市，空间分门别类无数块，卖什么的都有，当然都是高档的，小吃的价钱也相当可观。建造之初附近的有钱人没现在多，生意颇有点冷清，小吃店的师傅和服务员趴在餐桌上打瞌睡。前两天我又去了一趟，厕所里人流都不断，才几年啊，日子就好过成这样。吃过晚饭我常去里面的纸老虎书店，翻完这本书再翻那本，肚子里消化得差不多了就打道回府。除了打折，坚决不买书。

另一个散步地点是昆玉河边，沿着水边走身心通泰。尤其夏天，看水看船看人坐在河边的大排档里喝冰镇的啤酒。酒我没兴趣，羡慕的是黄昏降临时他们所有的安宁的时光。即便现在，一到夏天，置身琐碎喧嚣的生活里时，我都时时有去昆玉河边坐一坐的冲动。端一杯冰镇的扎啤，看世界以椅子为圆心慢慢地向四周静下来，你们疲于奔命地跑，我希望世界慢下来，慢下来。河边要建成北京的大氧吧，一直有此传闻。我不知道大氧吧到底是个什么样子，纳闷的是万柳之地柳树甚少，昆玉河边倒还有几棵像样的，马路两边的全是瘦骨嶙峋，比手指头粗不了多少。现在应该好一点，因为柳树长得快，三五年之后，那些营养不良的小柳条至少看起来像柳树了。

大部分时间我都待在宿舍，3区534室。去一趟北大很麻烦，公交332支线兼作校车，早去晚归的人很多，挤不上正常。后来校车多了点，课又少了，更不需要去学校了。现在想起来，我好像一年到头坐在那把廉价的电脑椅子里。食堂在楼下，打了饭上来吃，如果没有别的事，找不到理由离开那把椅子。闹"SARS"的时候封校，停课，我在宿舍里结结实实坐了近两个月。疯狂地下载电影看，隔壁的一个同学据说那段时间看了一百多部。那段与世隔绝的时光是我的好日子，看完电影我开始写长篇小说《午夜之门》的第一部《石码头》，断断续续又写了其他几个小说。能有大块时间来写作，我感到幸福。这一天是你自己的，这一天你可以只干一件事。当时的北京前所未有地清静，马路上人烟稀少，公交车空空荡荡地开，救护车的叫声让人心惊肉跳。我们每天量两次体温，傍晚在楼下领取一袋校医院煎制的中药，喝下去为了抵御病毒。晚上我们会三两个人结伴散步，在空荡荡的马路上空荡荡地走。

这是我在北京最安静的日子。马路上的空，和二〇〇八年春节有点像。因为买了房子，欠一屁股债，加上回去的车票紧张，二〇〇八年的春节我决定在北京过。这也是我头一次在远离家乡的地方过年，夜晚爆竹和焰火此起彼伏，我从网上断断续续地看春节晚会，感到了被遗弃的凄凉。大年初一走到中关村大街上，半天看不见一辆车，其冷清让我想起"SARS"。但那时候的冷清和恐慌要全北京人乃至全国人民来承担，所以我感到的是安静；而现在的冷清只有我一个人守着，我觉得凄凉。我一直不喜欢"京漂"这个说法，但那几天我强烈地意识到自己在"漂"着，晃晃荡荡，和一个可靠的背景失去了联系。

第二个住处"小屋"，在北大，未名湖畔的镜春园，那个大院子住过嘉庆皇帝的四公主，门前有两棵大槐树。大门从清朝以来就在腐朽，朱漆剥落，但仅从残木和斗拱的规格也不难想象当年的富贵繁华。院子里有柿子树，深秋，主人用剪刀和长竹竿打柿子，底下有人拿布兜子接应，我在旁边看。红通通的柿子很诚恳，叶子落尽只有果实挂在枝头。我租的房子嘉庆皇帝的四公主从没见过，她不会想到仅靠砖头、楼板和石棉瓦就能搭建起一间五平方米的小房子，而且租金每月要八百元人民币。这间房子建在院子里，单砖跑墙，屋顶倾斜，冬冷夏热。我住进去的时候是秋天，室外温度适宜，进了小屋就寒气逼人。房东住在高大的房子里，当年四公主裙裾在其中贴着地面舞动，可以设想房间里一定四季如春，所以房东迟迟不烧暖气。而我在小屋里从中秋就盼望暖气进来。整个秋天我都住在里面，直到冬天，那是我在北京待过的最冷的房间。

但是我喜欢未名湖，能枕湖而居，就算附庸风雅，冷一点也值；虽然没有践行当初的宏愿，每天环湖漫游。清冷的早上我去湖边读英语，看起来很像个勤奋的学生。晚上去图书馆或者自修室，十点左右沿湖边回小屋。有一个节日晚上，博雅塔装点上彩灯，湖面上漂荡很多纸船，我忘了那是什么日子，只记住了那晚未名湖幽艳鬼魅，别有一番意味。那段时间我学习认真，除了日记和功课，别的东西不写。我憋着，准备忙过这阵子再动手，写小说也写散文，散文的题目都想好了，《未名湖、小屋和整个秋天》。但最终没写出来。所以，湖边的小住留给我的，除风雅、寒冷、外语和一些不高兴的事之外，就是一篇想象中的散文。我在那里住了不到三个月。

毕业后租的第一处房子在芙蓉里，六楼，两年，从楼梯的窗户可以看见楼下的万泉河公园。租这里的主要原因是它靠近北大，我可以去北大的食堂吃饭。多年来我都无比热爱食堂，因为有消毒餐具，吃完饭连碗都不要洗。我可以就近去图书馆看书，去大讲堂看电影和演出，去听平常难得见到的大学者的讲座，可以去中文系继续参加师生们的讨论。这是两室一厅的房子，与一个做书的朋友合租，共用厨房和卫生间。我跟房东说，我们都没什么钱，价钱别整得太高。事实也如此，那时候很穷，逛书店尽量不带钱。现在我还怀念那地方，周围有很多书店，是我晚饭后散步的好去处。北大里面的书店，旁边海淀体育馆里的第三波书店，公园边上的采薇阁旧书店，还有海淀桥边上的巨大的中关村图书大厦,我住的第二年,第三极书局也开张了。一周里所有书店都可以轮上一遍。

这房子的另一个好处是,过了马路就是公园,适宜散步、乘凉和晒太阳,夏天晚上每周末还能看两场露天电影。穿着拖鞋夹在松散的观众里,我恍惚回到多年前的乡村,而露天电影即便在乡村,也绝迹多年了。公园角落里装备了各种健身器材,每天晚上都要开展一场轰轰烈烈的群众健身运动,以老太太居多。她们健身的时候,旁边经常蹲着阿狗阿猫,宠物比子孙更忠实于这些老人。我一直很想荡西北角的那架秋千,但一跑到那里就发现上面坐着两个小孩。作为叔叔,我不能跟他们抢,我就接着跑两圈,然后出了公园去采薇阁。我在好几个小说里写到这个公园,重点是喷泉广场边的很多块大石头,乍一看很有点像英格兰巨石阵。喷泉我记不得是否看见开放过,倒是有很多运动爱好者在上面练习轮滑。公园里从来少不了情侣,他们当然躲在小山包的后面或者树丛里,至于躲进去干什么,我没好意思看。

住在这里我觉得身在民间。周围有很多老房子和老住户,有大批的外来房客和民工,我可以在去西苑早市买菜的路上看见各色人等,办假证的、卖盗版光盘的、假古董贩子、小商小贩、在北大旁听的外地青年、一条裤腿长一条裤腿短的民工。到了晚上,他们会聚在承泽园门口的麻辣烫和烤串摊子前解决晚饭,满满当当的热闹的烟火气。我很喜欢那种过日子的感觉,喜欢看他们坐在小板凳上,大口喝酒大块吃肉和烧饼,然后爽快地大喜大悲大声笑骂。我也常常凑上去吃两口麻辣烫和烤肉。我写过一些关于他们的小说,很多人觉得不可思议,照理说他们与我的工作和生活不沾边。

为什么就不能沾边?离开北大,下了班,我还得过日子,身边生活的就是这么一帮普通人。这个世界上这些人毫无疑问是大多数,我不是中产阶级,也没法小资,高官和巨富都不靠,也不住高档社区,出门碰见的只能是他们。你不能因为他们是办假证的、卖盗版碟的就对他们另眼相看,他们也是普通人,可能比你我都正常,不过是职业貌似有点古怪而已。要说为害社会,哪个贪官和奸商不比他们罪孽深重?我也从没把他们当成什么"底层人物"来写,在我看来他们就是一个个"人",有我的亲朋也有我的好友,跟他们聊天我没有心理负担,也不必藏着掖着,他们比我还好说话。在北京,宾馆、酒吧、夜总会和高档社区是一个人间,很多人围着个麻辣烫的摊子也是一个人间,热气腾腾的烟火人间。我写他们,因为我在其中;我写他们,因为他们在我身边。我不想替他们诉苦,也不要为他们哭穷,我只是想实实在在地把他们写出来而已。

在芙蓉里,读书时的那台杂牌台式电脑和廉价电脑椅继续跟随我战斗。这里是北京市海淀区,我的关于北京的小说中,大部分故事都发生在这里。我在小说里不断重复这个地名,海淀、芙蓉里,当然还有北大、西苑、苏州街和中关村大街等。我一直住在海淀区,相对于朝阳区、东城区和西城区,我对这地方更熟悉一些。二〇〇六年我写了一个中篇叫《跑步穿过中关村》,写的时候我住在芙蓉里,写完了,我搬到了中关村。

海淀南路2号楼6门,五楼的一个两居室。租金不低,但对于这一带的市价,已经很便宜了。北京最好的大学、中学和小学都在周围,租房的学生和家长排长了队,价钱就直往上跑。站在窗前我能看见人大附中的学生在校园里走动,看见他们在操场上打篮球。在所有的运动中,篮球是我最喜欢的项目,来北京之后,已经几年没摸过篮球了。我想,这下好了,可以每天傍晚去附中打球。女房东北大中文系毕业,高我若干级的师姐,为了感谢能在激烈的竞争中租下这套房子,我给师姐送了本小说集。

下楼出门左拐就是中关村大街,我对这条街充满了莫名其妙的好感。每次想起这个名字,我就觉得会有源源不断的故事可以讲。我要在靠近中关村大街的地方好好地讲几个好故事。两居,意味着可以拿出一个房间来作为书房,如此美好,我把打好包的书解开,一排排摆进书橱。我喜欢看见成排的书上架,三天两头往书店跑大概就跟这个奇怪的爱好有关。现在回头数点,已经记不起来在海淀南路的一年里写了多少东西,不多,但也不会太少,有几个故事我还是比较满意的。我开始有了"生活"的感觉。一个家需要的所有东西这里都有,除了电视,我已经好多年没有看电视的习惯了。在我的感觉中,"家"和"生活"息息相关,但我还是不习惯称这租来的房子为"家",我在"生活",在"海淀南路"。下了班,朋友聚会结束,他们理直气壮地回"家",我说,我回"海淀南路"。就像住在芙蓉里时，我说我回"芙蓉里"。区别于作为"宿舍"的万柳公寓和湖边小屋，"芙蓉里"和"海淀南路"的定义介于"宿舍"和"家"之间。其中艰难而又漫长的过渡，已经标示了我在北京生活的深入。

二〇〇七年年末和二〇〇八年上半年，我经常站在海淀南路的窗户边往东南看，越过人大附中的教学楼可以看到中关村大街边上的一幢居民楼，我新买的房子在其中的某一层。小区的地址上要写"中关村大街××号"，我在一点点靠近这条街。装修，采买家具，琐碎的细节如此烦人，不过我提醒自己耐心点，再耐心点，一个真正的"家"在慢慢长成。我按照我的设想去布局房子，把家具的尺寸精确到厘米，比较地板颜色最细微的差别，好了，一个第一眼看上去让我想哭的破旧的房子的壳，变成了温润丰满的家，我想要的一切这里都有，或者即将出现，我的手经过墙壁、家具和阳台上的双层玻璃，觉得身体里某个飘荡的东西慢慢落地。我不再需要在每年的七月份为下一个住处发愁，不需要再去网上、房屋租赁公司和朋友那里打听，哪里有适合做我临时的窝的房子。

还在为租房发愁的朋友质问我，拿什么买的房子？我说，在北京这地方，穷人买房子要的不是钱，而是胆量，只要你敢借债。我东拼西凑，背高高的债，我想来日方长，有足够长的时间去一分分地还。我不想整天为一个窝伤脑筋，不想因为过段时间还要搬家，就让一大堆书和其他的物品委曲求全地待在上次搬家就打好的包里，此刻码放在墙角或者床底下——而为了找一本书，我常常要把所有地方都搜查一遍，拿到手时阅读的兴致已经没了。在我自己的家里，我要让每件东西都待在它该待的位置上。想到它时，头一歪，在那儿呢。所以我定做了六个书橱，让它们一直高到屋顶，被缚的普罗米修斯们全都解放，一一归位。

房子装修好，晾着跑味的那段时间，我和家人每天从海淀南路往新房子里运书，蚂蚁搬家似的，运一点摆放一点。看见书橱里日渐充实起来，我背着手在书房里转来转去，这是我的房子，我的家，看这一排排的书，我觉得自己像个有学问的老地主。老地主们一天三次来到自己田头，跟我一样想，看，这一顷顷的地，这茂盛的庄稼，全是我的，今天我想吃米就吃米，明天想吃粗粮了，咱就改吃山芋和高粱。这日子很好。比进书店看那成山成海的自我叫卖的喧嚣货物感觉要好得多，在自己家里，我从书橱里抽出的每一本书都是我想看的。

然后我搬家，从"海淀南路"搬到了"家"里。三十岁这年，我有了稳定的卧室、书房、厨房、洗手间和生活，不用担心催缴房租的电话，不需要再看房东恩赐般的脸，我可以改装和修正家里的所有东西，包括我的生活。

这一切听起来如此曲折和完美，仿佛我已经在中国的首都扎下了根，仿佛我是一个极其恋家的好男人。我也常这么问自己，而一问我就知道露了馅。我把自己以物理的形式安顿下来，这只是一个可以稍事停顿的逗号，意味着一篇驳杂的文章才刚刚开始。

除了故乡，北京是我目前待得最久的地方。在我想也许我得在这里生活之前，生活已经开始了，海淀、北大、硅谷、中关村、蔚秀园、承泽园、芙蓉里、天安门，有一天我无意中回头，发现它们正排队进入我的小说。最早的一个北京小说，《啊，北京》，我没有任何关于"北京"的野心，甚至都缺少要写一个北京故事的明确意识。它是我在北京大街上走过之后，自然而然留下的足迹。生活主动找上了门。我在念书，不上课的时候窝在万柳学生公寓的那间分不清方向的宿舍里。北京生活对我很抽象，故事来源于朋友和虚构。我想象如果我和他们一起走在那条路上，一起见到某个人，一起做某件事，我会如何。我只能把他们放到我熟悉的地方，我的地盘上我才能做主。然后是《三人行》《西夏》《我们在北京相遇》等，我知道我在写北京了。《跑步穿过中关村》《天上人间》《把脸拉下》《逆时针》和《居延》都是以后的事了。

能写，就得好好写。我想象可能发生的故事，可能有的感受和发现。这个时候，我于北京，很大程度上符合那句绕口令似的术语：缺席的在场，或者在场的缺席。学院与切实的北京某种程度上是隔绝的。我的感受和发现纯属虚拟，没有经过实实在在的生活来证明。二〇〇五年毕业，大夏天我一头扎进北京火热的现场。楼房像庄稼一排排长出来，宽阔僵硬的马路，让人绝望的塞车，匆忙、喧嚣、浮躁、浩浩荡荡、乌泱乌泱、高科技、五方杂处的巨大玻璃城。我有点蒙。这些场景我在小说里想象过很多次，但那只是纸上谈兵，远远没能想周全，更没有想明白。没吃到梨子，永远不会知道其真正的味道是什么。一个愣头青，下嘴发现梨子不是甜的。他早知道不可能是甜的，但甜是唯一的，不甜却有无以计数之多。我只能从细节入手，一个个分辨个中三昧。

身份。这不是你从哪里来的问题，而是：你是谁？在过去，我可以理直气壮地告诉任何人，我是学生，我是老师，有案可稽。身份证、档案、学生证、教师证，每一个硬硬的都在，它确认你是你，这地方你可以合法自在地活下去。但现在，北京要求你这个外来人拿出户口、编制，证明你有可靠的来源和归属。一种机制在要求，机制里的人也在要求，拿出来吧，给你自由。如果你拿不出来，你只能不自由。从抽象的到具体的，大家看你的眼神就不对。好心人担心大家都有时你没有会伤害你；不那么懂得尊重别人的人，会在撒酒疯时指责你算哪根葱，一边凉快去。

我不知道北京是不是全中国最需要身份的地方，我也不知道那张纸竟如此重要，反正很多时候我被它搞得很烦。我决定买房子时，有关机构跟我说，外来人员必须捏着暂住证才能办手续。我屁颠屁颠去办暂住证。这个派出所不行又跑那个派出所，这里不办必须到那里办，这个时段不行必须下个时段，材料不齐今天办不了，今天不行因为还有十分钟我们就要下班了，明天早上来拿吧。为了这个暂住证我跑了五趟。制度化当然是好事，但是当它成为不停地向你证明你不是你的契机，就相当不可爱了。

很多朋友已经在受此困扰时，我待在学校里念书。我知道身份对他们的重要性，也理解寄人篱下和流浪的甘苦。当我原封不动地一一领受，才知道先前的理解和体贴只能是隔靴搔痒。这种事没法总结和概述，必须贴着皮肤一寸寸地触摸和刮擦，才能真切体味到渗进骨头缝里的那种怪兮兮的感觉。

身份。依然是：你是谁？这回是你与北京的关系问题。现实身份确证的琐碎细节烦了我好一阵子，好在我没有顾影自怜的癖好，习惯了就视若等闲。生活能玩出多少花样，该做的做，不该做的遵纪守法听通知，随他去吧。但我依然为身份焦虑。弗洛伊德说，人的精神焦虑可以分为现实焦虑、神经焦虑和道德焦虑三种类型。我搞不清一个人没事就茫然算哪一个类型。这感觉是我坐在公交车上穿过北京和站在天桥上看北京时的基本状态。

很茫然，那么多人，只能用"乌泱乌泱"来形容，这个词里有种黑暗和绝望的东西在，我怎么就孤零零一个人躲在一辆车里。人周围是人，车周围是车，车和人的周围是人和车，是无数的高楼和房间，房间里有更多的人。一个人深陷重围，完全可以忽略不计，是一滴水落在大海里。在天桥上看得更清楚，尤其是上下班高峰，你看见无数辆车排列整齐，行驶缓慢至不动，这个巨大的停车场中突然少了一辆车、一个人，你知道吗？这个世界知道吗？他为什么要待在这个地方？北京。你，我，我们为了什么要待在这里？北京。人之渺小，车之渺小，拿块橡皮轻轻一擦，碰巧一阵风来，干干净净地没了。我站在天桥上常常觉得荒谬又悲哀。咱们都是谁啊。我觉得自己很陌生，北京很陌生，这个世界也很陌生。

在这样一个地方，你是谁。像一枚钉子，随便就被深埋掉；要么可以轻轻拔掉，你盯着它看，它就放大，孤零零地放大，如同一座摩天大厦，外在于这个城市，随时可以消失。这就是我一直感觉到的，我外在于北京，跟单位、编制、户口、社会关系等统统无关，只和自己有关。这种"外在"孤独、寒冷，让我心生不安。

的确，在北京我常常不安。

可是，有让我心安的地方吗？心安得让我有扎下根的踏实和宽慰？好像也没有。即便故乡，苏北的那个小城和乡村，我也逐渐心有不安。我在一天天远离那里，熟悉的人陌生了，旧时的田园和地貌不见了，像生在我身上的血管一样的后河都被填平了。故乡仿佛进入了另一种陌生的生活轨道。我回去，如入异地；料想很多人看我，也是不识的异乡人。待在家里，偶尔也会没着没落，父辈祖辈的故事听起来都远在梦里。我不知道哪个地方出了问题。

所以我想，我写了北京，也许仅仅因为我在这里生活，我心有不安。因为我要写，所以就潜下心来认真挖掘它的与众不同处，它和每一个碰巧生活在这里的人的关系，多年来它被赋予的意义，对生活者的压迫和成全，一个城市与人的关系，其实也就是一个人与世界的关系。北京的确是个独特的城市，有中南海、天安门、故宫、长城和十三陵，有北大和清华，有中关村和硅谷，有"京漂"、外来人口和已经结束的奥运会。

如果我碰巧生活在上海、广州、香港，或者纽约和耶路撒冷，时间久了，我想，我的写作也会与它们发生关系，即使我可能在哪儿都很难有生根发芽之感。这可能是常态，在哪里你都无法落实。唯其如此，此心不安处，非吾乡者亦吾乡。只能如此。

神经衰弱的拖鞋

十一点二十分，楼上的拖鞋准时走动，嚓，嚓，从房间的东边走到西边，又从西边走回东边，来来回回。他一天的工作已经结束，以头痛收了场。几乎每天都是这样，就在我刚躺下时，拖鞋的声音响起。碰巧的是，六楼上的这位老师的卧室和我的直上直下，也许他的床摆的位置都和我的一样。我的头顶不足两尺是天花板，也是他的地板，地板之上是他的运动的棉拖鞋，嚓，嚓，他的每一步都像走在我的脑门上、眼皮上、脸上，当我闭上眼后，他的大棉拖鞋似乎就慢悠悠地一下下拉扯过我的梦境。

刚搬进这里时，觉得环境很不错，楼上楼下都很安静，尤其是楼上，好长时间都听不到一点动静，我想，这下可好了，我在夜晚喜欢安静，楼上的邻居竟也像猫似的走路。突然，初秋的某一天，我在上床时听到了嚓嚓声，我就奇怪，六楼怎么突然改变走路风格了。第一天响过了。第二天又响了。第三天同样响了。然后是第四天、第五天，一直下去，保持着同一种脚步声。我明白了，前些日子我感谢的只是一套空房子，现在它的主人回来了，发出了他的声音。除了这个脚步声，我从没有听到其他的脚步声。就像指纹一样，没有哪个人能够发出和别人相同的脚步声。也就是说，六楼上我只有一个邻居。

他早早地就穿上了棉拖鞋，在秋天刚刚来到这个城市的时候。它告诉我，他应该是一个老人，因为这时候我还穿一双皮凉鞋给学生上课。老人总是最先迎接到季节，然后又被它们拖着跑。从六楼归来后，我就没停止过对他的猜想。我见不到他，只有当拖鞋开始走动时我才意识到，他已经回来了。他的拖鞋常常是漫无目的地游荡，也许是在思考某个关乎人类命运的大命题，但我分明能听出它们消解不尽的哀怨的烦躁，尤其是在夜晚十一点二十分后。那是一个工作的人疲劳的时刻。某个晚上我躺在床上，想起了过去得过的神经衰弱，我头疼，烦躁，易怒，像条狗似的在房间里转来转去。楼上人此刻也在转来转去，他是否也是神经衰弱？这几乎像感冒一样存在于知识分子身上。他不像我那么烦躁，只是因为多年来，神经衰弱已经彻底征服了一个人，好像吃过晚饭要散步一样，他已习惯了头疼，头疼让他不得不在十一点二十走来走去，因为年老和习惯，消磨了戾气，他不需要激愤汹汹，只要这么嚓嚓地走下去。

读高三的时候，我有一个外号叫老狼的同学，患有严重的神经衰弱，每天早上几乎都要跪在床上对着窗外大喊，喊着喊着就喊出了一脸的泪。那时候大家都要高考，压力很大，晚上睡得迟，大清早又爬起来去背书。累了一天了，别人头一沾枕头就打起了呼噜，他睡不着，折腾了大半夜，刚刚进入状态，别人又起床了，叮叮当当的洗漱把他吵醒了。眼睛困乏，头痛欲裂，异常的烦闷无处发泄，只好对着天狂叫。我们习惯了他的狂叫，直到有一天我放脸盆时看到他满脸的泪水，我才真正知道神经衰弱者的痛苦，和他相比，我的神经衰弱完全可以忽略不计。也就是从那个早上，我不再轻易向别人兜售我的神经衰弱病史，而是在内心里深重地尊重他们。

我和几个同事朋友提起过六楼的拖鞋声，他们建议我上去和他说清楚，让他走路时脚抬得高一点，否则我将永远活在一双拖鞋之下。我笑笑，至今没有上去，对一个神经衰弱者来说，发出一点声音也许心里要舒服一些。

前些天在食堂吃饭，看到一个穿着臃肿的老头，厚厚的棉衣，毛线帽，大头棉鞋，我问别人那是谁，美术系的一位老师说，是他们系聘的老师，姓金，苏州人，一年只上半年的课，其余时间回苏州和家人团聚，有点乖僻，据说患严重的神经衰弱。我问金老师住哪里，那位老师说，好像是28栋，具体哪个房间记不清楚了。28栋，就是我住的那栋。

背沙子的男孩

　　一楼住的是一个年轻的小家庭，他们有一个刚上小学的男孩，这一家人我都没见过，只是偶尔听到年轻的母亲喊小孩的名字：大鹏，记住了准时回家；大鹏，都什么时候了还不回家。母亲的声音多是在黄昏或午饭时间响起，这个时候我正在阳台上看书，或者已经躺到了午睡的床上。母亲的声音似乎并不好听，我从没想起过要探出头看一看，母子俩长的什么模样。听她的口气，总是又爱又气，大概儿子是个淘气包。

　　上完课我回宿舍，走到一楼的楼梯口时，遇到一张被风吹起的纸，捡起来看，上面是几个歪歪扭扭的铅笔字：妈妈，我回来了，又去玩了。那是一张田字格作业纸，有迫不及待地撕裂的痕迹。反面有双面胶。我想，一定是那个叫大鹏的小孩写的，贴到门上没粘牢靠，掉了下来，他在向母亲报到。我顺手把纸条又贴了上去。那天黄昏我没听到母亲喊他的名字。

　　之后每次走到楼梯口我都要朝墙上看一眼，我想，那男孩还会再留下纸条的。果然，他大概是尝到了这种报到的甜头，接二连三的留言在黄昏时分上了墙。内容来来回回都是那一两句话，偶尔会加上一句：妈妈，你怎么还不回家，我要饿死了，所以我出去玩了；或者我要渴死了。有的字不会写，就用拼音代替，字母总是写得大大的。有一天我去教工食堂吃晚饭，经过校内的一个建筑工地，几个小孩在那里玩沙子。小家伙们在沙丘上躺着、坐着，把胳膊腿埋进沙子里，或者学工人的样子建造他们心中的宫殿。一个满头大汗的男孩背着大书包在沙丘上走，一副不堪重负的样子。我立刻就抱怨起"减负"了，书包竟把他累成这个样子，像个小老头似的弓腰驼背。我问他累不累，男孩抹了一下泥沙俱下的小脸，很神气地说，不累，一点都不累，我在横穿沙漠。看看我，眨巴几下眼，又凑过来神秘地补充一句：叔叔你看，是沙子。他自豪地打开书包盖子，向我展示他的囊中之物。沙子，满满的一书包沙子。我看了看周围，发现黄杨树下的一块石头上，乱七八糟地堆了一摊书本和文具。我觉得这孩子很有意思，就问他叫什么名字，他嘴巴一噘，说不告诉你，背着书包又继续他的沙漠之旅了。

　　从食堂回来，我又看了一下一楼的墙壁，没看到纸条，却在石灰粉刷过的墙上看到几行大鹏写的字，不是铅笔字，而是红砖头写的："妈妈我回来了，铅笔和本子丢了，🗝也丢了，我进不了家，所以我又出去玩了。"钥匙两个字不会写，开始用的是拼音，又担心拼错了，干脆画了一把钥匙在墙上，然后用一个大方框框起来。大鹏的钥匙像一把用坏了的铁锹，张牙舞爪地插在白墙上。这孩子的确很可爱，我决定不上楼，就在楼底下散散步，我一定要见一见这个叫大鹏的男孩。我转身往外走，听到脚底下发出沙沙声，低头一看，地上散落不少细密的沙子，还能辨出沙子中间的小脚印。我明白了，那个叫大鹏的男孩其实我已经见过了。

/ 旅行篇 /

去额尔古纳的几种方式

从呼伦贝尔一路往东北走，出了城区同行的人就陆续睡着了。我努力醒着，为的是跟包师傅说说话。初秋的午后太阳很好，酒足饭饱，困倦之意忍不住升腾上来，包师傅免不了偶尔也恍惚。开车时包师傅不太喜欢说话，但那个下午我们聊得很好。我们去额尔古纳，一辆越野，五个人。大概七年前，我好像去过额尔古纳，记不清了，呼伦贝尔太大，草原上、白桦林里处处是美景，我就分不清哪里好看、哪里更好看了。那一次我们一个团，二十多号人，一辆中巴车，一路唱歌、讲笑话，路途的遥远和艰难完全不知道，怎么到的额尔古纳我也没有印象了。不过可以肯定的是，三五个人驾着一辆越野在草原上奔驰，应该是去额尔古纳的最佳方式。车足够宽敞，怎么歪着坐着躺着都可以，有美景可以随时下车，累了就停下来抽烟，碰巧赶上个驿站服务区，买两听罐装咖啡，喝过后就像游戏中满血复活的大力神。的确也是，见羊群我们停，遇马群我们停，有一群奶牛经过我们也端着相机照。还有神山和圣湖，一个都不能少。

但是包师傅说，去额尔古纳最美的方式是骑马。一匹好马，一天能跑四百里，这差不多是我们此行距离的一半。我想象我们几个人策马扬鞭飞奔在国道上。包师傅就笑了，骑马怎么会在国道上跑？当然要横穿草原，取最近最直的路。再坚硬的马蹄和马蹄铁也受不了柏油路面，得在暄软蓬勃的草上跑。一个朋友迷迷糊糊插了一句："包师傅曾是牧马人。"说完又睡过去了。我更来了精神，追着包师傅听当年的牧马生涯。

一晃四十年了，那时候包师傅二十出头，到陈巴尔虎旗当知青。草原上知青最羡慕的工种就是放马，拉风，骑上去吆喝一声就下去几十里地。放羊的、种地的、养猪的下乡青年看着直流哈喇子。"姑娘们也喜欢。"包师傅嘿嘿一笑。他和另一个知青搭档，一千四百匹马，乌云一样在草原上涌动。"我们想去额尔古纳。"他和那个上海来的知青搭档，当然是骑马。坐火车很麻烦，得先到海拉尔，骑上一天的马，还不知道能否赶得上唯一的一班车，错过了就得在火车站待上一宿。上了车也不痛快，那火车慢，见站就停，"哐哧哐哧"，包师傅用的就是这个词，还得绕道，四百里地一天都未必跑得完。

"那会儿火车时速多少？"我问。

"谁知道。"

"你们没去？"

"没去。没去成。"

火车没去成,马也没去成。生产队不允许。赶不上探亲假,马得天天放。去额尔古纳来回得三四天,到了你总得看看吧。每人一匹马这么跑下来,受不了,哪舍得让你喜欢的马一口气跑那么远?得有备用的。有一回差点成了。大冬天,一场雪刚化,生产队空出来个时间,两人在队长的默许下上路了。出发时天已经黑了,但月亮好,他们打算跑累了借个蒙古包睡一会儿,醒来继续走。

"那晚月亮真好,草原亮得像一片海子,"包师傅说,"你睡着没?我们看见狼了。"我一惊,清醒着呢。"狼呢?"我问。狼在野地里站着,看样子吃得不错,肚大腰圆,听见马蹄声就跑。包师傅和搭档打马就追。他们庆幸随身带着套马杆,防着这事儿呢。大白月亮下两匹马追一头狼,天高地迥,天清地泰,包师傅让我看着车外的草原想象那个壮观的夜晚。马跑得快,狼走得更疾,一路脚不点地。那狼肯定吃多了,身子越跑越沉,慢下来。套马杆都抓到手里了。那头狼奔到一处挤满碎石的高地上,一声长嗥,吐了。"这是它们惯用的伎俩,"包师傅解释,"轻装上阵速度又快了。"果然,肚子空了的狼重新提了速。

"结果呢?"

"结果我跑丢了。"

包师傅的马速度跟不上,被落下越来越远,只有上海搭档一直盯紧了跑。包师傅眼睁睁地看着同伴骑着他的大黑马和狼一起消失在夜半的地平线上。包师傅仰观天象,现在与额尔古纳南辕北辙，已经后半夜，人困马乏，可怜的枣红马鬃毛上的汗没滴下来就结成了冰。他决定找个地方歇一会儿，他记得这附近有个牧羊的蒙古包。找到后，倒头就睡。天快亮时，包师傅突然觉得被窝那头钻进来一个冰坨子，竟是上海知青。那家伙说，他娘的，累死老子了。指了指蒙古包外，头一歪睡着了。

第二天一早，包师傅起身到了蒙古包外，赫然看见一张新鲜的狼皮挂在木栅栏上。上海的搭档昨夜终于套住了那头狼，拖得它断了气。他想把死狼捆到马鞍后面带着，大黑马不答应，它怵这东西。没办法，他只好在一处蒙古包的遗迹上找到一个遗弃的酒瓶子，敲碎，拿一块玻璃碴当刀，顺手剥了狼皮。卷起来放到鞍后，这下大黑马没意见了。"狼皮一定要留，"包师傅说，"那会儿供销社收，好皮毛能卖到八块钱。大数呢。"等上海知青醒来，两人再合计，路越走越远，额尔古纳是去不成了。于是上马原路返回。

"想来真是遗憾，放了三年半马，竟然就那么一次机会。"

包师傅再也没能骑马去额尔古纳。然后知青返程了。额尔古纳有最好吃的面包和灌肠，作为牧马人的包师傅没有吃到。

故事讲完，额尔古纳到了。我们的确吃到了美味的面包和灌肠。其实额尔古纳的美味还有很多。不过我想说的是另一件事。晚上我们在马路上散步，遇到一个借火的老兄。

九月夜晚的额尔古纳已经开始清冷，街道上零星的行人和车。借火的老兄把摩托车停在路边,夹着根香烟等着对面有人来。我用打火机帮他点上,他用山东和东北夹杂的口音谢我。一身摩托客装扮,头盔,防风服,登山鞋,武装到了牙齿,独独在半路上丢了火。他刚从根河骑过来,一定要在额尔古纳住宿。他喜欢这地方,每次骑行漫游到附近,只要车程不超过四小时,都要睡在额尔古纳。"听听,额尔古纳。不知啥意思你都会觉得这名字好听,是不?"他说。年轻时他在辽宁当了六年兵,就想着来额尔古纳玩。然后退伍了,然后在老家烟台工作了,然后退休了,终于可以来了。一个人骑上摩托车,满世界跑,额尔古纳却是每年都要来的。他拍拍胸脯:"咱这身板!"的确是条壮汉,说四十我也相信,就是风吹日晒脸膛黑了点。

"跟你说老弟,趁年轻要多跑,"他一副掏心窝子的眉眼,"摩托车是首选。肯定的。咱不看别人脸色,一切行动听自己。你是江苏人?好,啥时候还想来额尔古纳,给老哥言一声,咱哥俩一起来。一定要记下我的电话啊。"

我记下了。抽完两根烟,精神头足了,他附在我耳边说:"额尔古纳你一定要再来。我今晚要住宿的那家旅馆,老板娘人是真叫一个好。"然后戴上头盔,跨上车走了。

我们从马路这头走到那头,返回来时经过一家旅馆,烟台大哥的摩托车停在门口。

汤阴行

很多年前我坐在牛背上，手持长树枝对别的孩子大喊："汤阴武举岳飞，来也！"对方也在牛背上，要做惶恐招架状我才觉得有意思。他必须穷于应付才对，因为我是岳飞，他是小梁王。那时候我们还小，喜欢在放牛时打打闹闹。那时候整个村庄都没几台电视，一到晚上百十号人围住一台电视机，像看露天电影。我们最喜欢看的电视里岳飞骑在马上，从汤阴来，手提一杆长枪，长枪挑了小梁王。我们都记住了，汤阴武举岳飞，伟大的英雄，来也。

这是我关于岳飞的最早记忆，因为岳飞我记住了汤阴。很多年里，我不知道汤阴隶属安阳，不知道安阳隶属河南。我以为汤阴就是汤阴，雄伟飘忽地存在于中国的大地上，只隶属岳飞，那里人人都像电视中的岳飞一样说普通话。多少年来，有无数的时间和机会可供我去了解和深入，但我拒绝那样干，我想当然地要保持其完整性，只是顽固地守着岳飞和汤阴，一遍遍在心里念叨，直到他们变成我记忆里一个抽象的结。

每个男孩都有他的英雄梦，他要顶天立地的楷模和偶像，来引领他的精神和体格向上成长。当我还赤脚赶牛走在野地里时，岳飞端坐马上，背负"精忠报国"，提枪，射箭，怒发冲冠凭栏处，朱仙镇交战哟锤对锤。强健的体格，深远的抱负，巨大的力量，广博的精神，曲折跌宕的命运，辽阔的悲剧结局，他符合一个少年对英雄的全部想象，所以，他只需要在电视连续剧有限的时间里就可以完成对我最初的"英雄启蒙"。"最初的"在某种程度上也意味着"唯一的"，这也是多年我来对这个九百年前的人物念念不忘的原因。我追着看《说岳全传》，看《岳飞传》，每天中午抱着收音机听刘兰芳的评书，我断断续续知道牛皋的脾气很暴躁，知道岳云先使锤后使枪，知道杨再兴误走小商河万箭穿身，知道"青山有幸埋忠骨，白铁无辜铸佞臣"。但是，我不知道河南有安阳，不知道安阳有汤阴，不知道实实在在的岳飞几百年前如何在汤阴的土地上走走停停、三度从军。

——这一次我知道了，二〇〇八年五月二十七日，自北向南，一路无边的麦子等待收割，我来到河南安阳，岳飞的汤阴。

必须承认，贫乏的地理知识往往也能给我惊喜。比如汤阴，你现在让我在地图上指出它具体在哪里，我依然会手足无措，但是我可以告诉你，我所见者皆能让我欢喜和有所得。我在心里一次次高兴，对上号了，又对上号了，原来如此，原来如彼，原来一个萝卜一个坑。它们在我混乱的知识和记忆里逐一恢复了秩序。比如，到了汤阴县城北的羑里城，我恍然大悟，哦，文王拘而演周易，就是在这里。当年的周族领袖，后来的周文王姬昌，被殷纣王疑忌，困于羑里，八十二岁须发飘飘，坐卧土台之上把伏羲八卦演绎成六十四卦，三百八十四爻。传说中的老人家以天地为根源，断定世事非阴即阳，阴阳交感乃有万物生焉。这个我知道，可我不知道老人家就是在汤阴，在英雄岳飞出世前两千多年，已然完成了世间万物最伟大的换算。然后这里还有《诗经》，准确地说，这里是《诗经·邶风》的生发之地。很多年前我摇头晃脑地背诵"燕燕于飞，差池其羽。之子于归，远送于野。瞻望弗及，泣涕如雨"时，哪里会想到这《燕燕》是从汤阴来，它和岳飞同在一个故乡。当然，我还可以从汤阴把眼光放开些，往安阳说，盘庚和殷墟，甲骨文和奴隶，药店、小屯村和王国维；往河南说，那就是浩浩荡荡的中原文化，源远流长；然后是说也说不尽的继续"往下说"。

从这里到那里，从一个点到整个世界，在我的逻辑里，一切都可以从岳飞出发。

但接下来我的问题是，真正走在汤阴的土地上时，我发现彼岳飞已非此岳飞了。我遥想多年的那个骑白马握长枪叱咤风云的战神只能是悬在半空里，他被我剥夺了可能有的烦琐的尘世背景，他纯粹、遗世独立、脚不染尘，他的身上没有汤河水的味道，他身后的九百年外，他的故里程岗村没有破旧的房屋，街巷里不落草梗和牛羊的粪便，杨树和柳树终年不会落叶，他的故居的门槛上不会坐着一群穿拖鞋、卷起裤腿的后代和乡邻。事实是，这个在北宋时候被称作汤阴永和乡孝悌里的地方，和我见过的很多中原的乡村一样，有泥土和瓦房，有灌木、草垛和一处处废墟，有炊烟、烧酒和一群群过日子的质朴的父老乡亲。它们和他们，一起把岳飞拉回了人间，给大英雄还原了烟火气，让他在大地上立住了脚跟，虽然他贵为王侯和统帅，像神和佛一样被供奉起来。

但供奉又各有区别。供奉一个作为神的神和供奉一个作为人的神，应该是不一样的，因为本质上后者是"在我们中间"的，他是"从群众中来"的，也应该再"回到群众中去"。所以他的神武、他的忠孝、他的民族大义和音容笑貌，就变得平易，变得鲜活和栩栩如生，变得可资师法和学以致用。我们可以接近、审视和融会贯通。他是在人间的。在这个意义上，我更喜欢一个在人间的岳飞。

的确，在岳飞的故里、在岳飞庙、在岳飞先茔，在史迹、文字传说、民间演绎以及乡邻们的讲述里，我看到了作为一个人的神的美好品质正在被宣扬和流布。他完美、战无不胜、几近无所不能，堪为万世师表。当所有的宣扬和流布者都扬起了向日葵般的脸，我觉得岳飞离我们还是有点远。是否还可以再降下一个调，是作为一个人的人，他的美好品质正在被我们所有人切实地奉为典范：忠直、勇决、仁孝、俭朴、民族大义。让人与人对话，让岳飞的精神得以更好地普及和转化。这么说一点也不矫情,当然也无关什么主旋律,仅仅是作为一个人最基本的美好品质、一些正面的价值,大英雄岳飞身上所能焕发出来的精神光照,在此时在此地,得到坚定的确认,让它在人群里、在人间壮大,生成希望然后收获果实。当年我坐在牛背上仰望那个抽象的英雄梦时,大约不会想到若干年后,一趟实地的汤阴之行,它从悬浮开始降落,来到了烟火人世。

在腊月里想起增城

我决定写一写增城,因为北京的窗外正飘雪,而我的小屋里暖气上不去,我觉得有点冷。要是此时能待在南方,比如说增城,该多美好。增城在广东,大冬天里你也会觉得很舒服,有绿树、红花和各种稀奇古怪的草。铺天盖地的暖洋洋的绿色让你觉得冬天不可怕,花花草草都轻易地挺过去了,不像北京,冷起来风都长出尖利的小手,逮着就往你脸上抓,往你衣服里扎。增城这个时候,吹面不寒杨柳风。

其实我只去过增城一次,在十二月下旬,从北京出发时穿着棉袄,上了飞机只能穿毛衣,下了飞机就不得不穿长袖T恤了。我久居北方,习惯了粗粝、坚硬、荒凉和大大咧咧,一到南中国就犯恍惚,以为进入了异国他乡。比如增城的十二月份,都冬天了,各种植物还是葳蕤繁盛,绿得丰肥精细,红得肆无忌惮,那种蓬勃宣泄的生命力,真是没有道理。这像影视和图片里的东南亚。从北京到这里,飞机不到三个小时,世界就变了，我得好一段时间才能回过神来。

　　回过神来才能真正知道增城的好。十二月下旬我跟着朋友在增城看风景，皮肤上享受的是一动就流汗的增城温度，爬白水寨山得把衣袖子捋起来，光着半个膀子轻装前进。有条大瀑布挂在头顶上，叠雪堆玉地一落四百多米，才觉得"白水"这名字取得好，水果然就是白的。之前看过一篇文章，说这瀑布落下来逢山开路因势赋形，形如仕女梳妆，我就盯着四散的一挂白水使劲看，还真有那么一点意思。能在半天上优雅揽镜的，只能是神仙了，在增城要找女仙，算找对了地方，增城下辖的小楼镇有个何仙姑家庙，何仙姑你一定知道是谁。大部分古人都有成仙的癖好，但真能修成正果的实在太少，传说何家有女唤素女，性情温婉，知书达理，但是宁死不从包办婚姻，快结婚时，夜半投井，死不见尸，只在井边落下一只绣鞋。传说中又说，素女香魂流离但不弃增城。她投井之后，父母吃了官司，因为男家待娶，即使你死也不嫁，总得见个尸首吧，何家只拿出一只绣鞋是缺少说服力的。为救父母，素女魂灵再现，恳求能随新任县令的官船返回故里，县令答应了，船起航时也没见她到来，却看到船后有具女尸逆水追随，尸至增城，果然是素女真身。"逆水流尸"匪夷所思，谁也说不出个道道，所以传说就让何素女成了仙，就叫何仙姑吧。接着就有了七个神奇的伙伴。

　　我对传说充满兴趣，越神神道道越喜欢。有传说比没传说好，有传说有历史才有底蕴，对一个地方尤其如此。空白处没人要看。所以我兴致勃勃地去瞻仰了何仙姑家庙。家庙也是庙，香火流长，古人喜欢成仙，现在大家愿意求神。不管持着哪一种目的，怀抱点虔诚起码不是坏事。我把家庙的各个角落都看了，还爬上梯子看屋顶上的一棵小桃树。那棵树也有点奇异，从屋瓦里长出来，还年年开花结出桃子。这桃也有说法，传说是何仙姑的师父麻姑献寿之桃，所以又叫"麻姑仙桃"。这个当然是敷衍出来的，但敷衍得好，有仙则名。它能让平淡沉实乏味的生活充满奇幻和乐趣，让众生从被现实深埋的尘埃里飞起来。

在增城还看了石家祠堂。出增城三十公里，有个叫河大塘的村子，临着路边是个破败的祠堂，石达开家的。对石达开我一直有极大的好感，首先是名字，清朗豁达，连他被封的"翼王"也喜欢，说不出啥道理；其次是历史上的这个人，在我看来，这个九岁时跳上补锅匠的小船流落广西的起义领袖，一生如其名，死也要死在大渡河那样磅礴的地方；最后是多年前我看过一部讲述太平天国故事的连续剧，扮演石达开的那演员的形象我很喜欢，我觉得石达开就应该长成他那样，当然，这也没道理。但是没道理本身可能演变为最大的道理，所以自从小时候看过那连续剧后，多少年我都在想，如果翼王做了天王，历史会如何呢？我顽固地相信，石达开会把太平天国带到一个光明光大的地方去。

鬼城记

有山有水的地方我都喜欢。这跟仁者乐山智者乐水无关，我没那么风雅，就是喜欢那种起伏跌宕和开阔洒脱的劲儿。山不必太高，壁立千仞当然好看，缓慢柔和地连绵过去也很好，山有四时，风景皆当其令都让人喜欢，碧绿、黛青、灰蓝乃至肃杀，也是各有各的风骨。水最好是大且白，可以开阔视域拉平目光，如果能滔滔地或沉稳地流，那就更好了，找个山腰站住，白水浩荡如巨大的布匹翩翩而去，到了远处要重合到地平线时，这水就成了宽阔自由的叹息。临山遇水，总有种浩大清新之气从脚底下往上升，腰杆不由得挺直，你可以不抒怀，跺几脚喊两嗓子也行。我就喜欢这么干，在山间水上会冷不丁吼几声，希望把狼招来。

丰都就是这样的地方，山和水都齐全，三年中我千里迢迢去了两次。这个县归重庆管，坐飞机到重庆，出机场就从市区边上绕过去，没机会看见重庆。所以我对丰都的朋友说，对我来说，丰都才是重庆。真是见了鬼了。的确见了鬼了，丰都千百年来都以"鬼城"闻名，名山上有座鬼府，阎王坐镇，小鬼在地狱里鲜血淋漓地忙活，砍人头推肉磨，还有下油锅和大卸八块，每个场面都惊心动魄，到丰都不见鬼都不行。这鬼当然都是敷衍来的。据说汉朝两位方士，阴长生和王方平，一个是刘肇皇后的曾祖父，一个曾官至朝中散大夫，都是显赫的人物，因为看社会现状不顺眼，又使不上劲儿，人生在世不称意，明朝散发弄扁舟，干脆跑丰都来修炼，先后成了神仙，一阴一王，后人讹传就成了"阴王"，做了阴间的老大。

我来丰都不是想见鬼，而是喜欢这里的山和水。三峡工程之后，长江沿线成了令人绝望的巨大博物馆，看见看不见你都知道很多东西只能成为历史了，作为遗迹消失、隐退和自生自灭。多年前我就想跟着水走，把长江在这一段的路线好好看看。钱不够，只能干跺脚瞎操心。等我总算能从口袋角里搜出九文大钱，大坝已经轰然落成，长江水如眼泪一样漫溢出来，哗啦哗啦直往天上走，如同未来水世界。除非我变成深水鱼，否则可能是永远看不成了。这还不包括被拆掉的、冲垮的以及神秘地自行改变的，比如植被、气候、风土民情和必须拽着舌头才能说出来的荆楚方言。那我也想看，剩下的山和水能看多少看多少。

长江水流到重庆这地方有点乱，这个支流那个江，还有一些稀奇古怪的说法，我都来不及弄明白就忘了。主要是有点转向，分不清水朝哪边流我就分不清这是什么江。反正我也不是搞地理的，说错了对人民生活也没影响。我只是想形而下地感受一下水和水边的山。水和水的名字关系不大。

我到丰都时，丰都已经从水这边搬到了水那边。长江像吃了酵母，涨起来，涨起来，原来的县城低矮，待着不动会被淹死。搬个小家都折腾得要命，五年里我搬过四次家，每回都像骨折，伤筋动骨一百天气喘不顺溜，何况是偌大一座城市。我站在名山上看对面的新城，感觉在做梦，一座崭新的贴着白瓷砖的城市真的就跟蘑菇一样在山上活活地长出来。这是楼房，这是马路，穿相同的衣服，鳞次栉比，像军队一样秩序井然，充满了不可思议的想象力。真是没有做不到，只有想不到；一八七一年芝加哥大火之后的重建，也不过是在原地再站起来一次，而丰都不仅再站了一次，还从江这边走到了江那边，上了山，可以登高以望远。实在是不得了。更了不得是，这只是浩荡的移民运动中的一个范本，还有众多的四川人把自己移成了江苏人，湖北人把自己移成了上海人，这中间漫长的地域和文化差异，夜半醒来，他们会不会觉得自己是在环游地球八十天？

有山有水就是福地，有山有水再有文化，那就是人间天堂了。虽然丰都以"鬼城"闻名，但这"地狱"显然是可以当"天堂"一样自豪地说出去。"有鬼"是因为咱们有"文化"，丰都人似乎都不怎么提他们的悠久历史——公元九十年设县，周属巴国，曾建"巴子别都"。说起来话就长，要到远古去，能把你吓着。就说"鬼"，够了。"鬼文化"。能把

"人"弄成文化就相当不容易,能把"鬼"弄成了文化更不容易了,未知"死",焉知"生"?生死契阔,一水之隔。我在新城看对岸青山,苍莽蓊郁之间鬼城现出轮廓,还有那个据说是世上最大的阎罗王的坐像,也常生梦幻之感。这一边活泼泼热闹闹的现世生活,那一边阴森森凉飕飕的地狱图景,本是相克现在相生,大眼瞪小眼,相看两不厌,所谓"造化钟神秀,阴阳割昏晓",丰都城搬过来也算是很有意思的事了。

我知道很多人就是为了看"鬼"来的。官方公布的数字是,每年游客一百二十万。人来得越多越好,大家都过得张牙舞爪无所畏惧了,该接受点凄厉恐怖的鬼教育。你看那些作恶的人、张狂的人、胆怯的人、心虚的人,谁都逃不掉,小鬼们手拿家伙正等着呢。说实话,我这样的好人看见那些血光场面都心动过速,我不相信那些杀过人放过火的、贪过污腐过败的、没事算计别人的、损人利己和损人不利己的看见了会无动于衷。那现世报的场面实在来得相当刺激,小鬼们干活都不手软。正因为此,据说鬼城已经成了道德和廉政教育基地,很多中央的和地方的官员都被组织来这里参观,准确地说,是来观摩小鬼们怎样处理坏人。不知道肉食者们看见了是否会有别致的心得,因为我们的很多官员早就腐败得训练有素了。希望有点效果吧,就算让他们做几场噩梦也行。

不过,我对这种"鬼文化"还是稍有点不满足。既是作为"文化"来经营,就要有一个更大的可供生发的空间,不应单单拘泥于"现世报",拘泥于狭隘的现实主义。文化不是胡萝卜炖羊肉，吃下去就立竿见影地增加维生素、板油和肌肉；恰恰相反，它是虚的，抽象的，是要你吃下去后三月不知肉味，要余音绕梁数日不绝。这个"死"也不仅能让你更好地"活着"地生，还要让你看见普遍意义上的抽象的"生"；这个"鬼"能让你看见人，还要能让你看清"人"；这才是文化。文化说到底是个乌托邦，是个形而上的美好的理想之地。如此，"鬼城"方为真正的好人间，"地狱"才是我们真正想要的天堂。

两次去丰都，离开时我都觉得有件事没干，就是想不起来丢掉的是什么。站在书橱前翻资料，想起来了——我没有仔细地看完丰都老城。永远都看不完了，拆的拆，移的移，没来得及拆和移的，此刻正沉默地坐落于水底。刚看到资料，根据长江的水位变化，老城区每年还有四个多月时间会浮出水面，我两次竟然都没赶上。好在还有这四个多月。我知道有些东西就是一年十二月都在水面以上，我也没法再看到。能看多少看多少吧，下次再去丰都我得赶在那四个月里，谁让我对看不到的东西也有兴趣。

恍惚文登是故乡

　　到一个陌生地方我常会问自己，来这里干吗？看风景，长知识，求舒心，还是为了换个新环境打量一下生活？显然必居其一，太平世界去外地，目的也只能是这么几种。但在文登，这个胶东半岛的海滨小城，我突然发现，其实这些年每去一个地方，潜意识里都在做个比较：这地方我喜欢还是不喜欢，怎么样，标准是不变的，参照即自己的故乡。也就是说，我在这地方总要有意无意地寻找与故乡相似或者相异的东西，环境、物产、风土人情、经济面貌、前景与可能，在这些指标下形成我对该地的基本判断。在国内，我总会在陌生的地方想起我的故乡，黄海边上的一座苏北的城市；或者缩小范围，我长大的那个产水晶的苏北县城。如果去国外，我会自然地以生活多年的北京作比，以在北京获取的所有城市知识作为背景，来评判我偶然寓居的城市。在此类比较中，我可以尽快地对一个地方产生亲和力并在宏观上有所把握——即使我很不喜欢它，反向的亲和力也是亲和力；即使我的把握南辕北辙，也总比茫然无知要好。

在文登，我把这个潜伏已久的认识发掘了出来。因为它实在很像我的故乡；当然也可能完全不像，我只是夸大了自己的感觉：我在文登的确找到了生活在故乡的感觉。

出于个人的习惯和趣味，我更喜欢小城市，安宁、宽敞、日常，生活保持着自行车和步行的节奏。北京的速度让我受不了，所有人都在向前冲，抢银行一样，地铁一开门，上去的和下去的人拥挤得像腹胀和呕吐，吗丁啉都解决不了问题。而且噪音巨大，马路上二十四小时汽车在叫嚣。你在马路边坐着，什么事都不干，半天下来都累得要死。庞大的城市机器在高速运转，看都让人烦躁、眼晕和气短。在文登，晚上散步，我跟一师友说，这晚上真是安静，空气也好，生活、写作，都让人安妥。师友不屑：虚伪，让你从北京搬出来，你愿意？我还真愿意，如果不是工作，我早换地方了，还少背一屁股房贷。去文登之后不久，我回了趟老家，那安宁妥帖的感觉立马回来了。午夜高远，天空重新恢复成圆形，星星在头顶上，每一颗都被擦得干干净净，城市又不会寂寞到杳无人声，你知道生活所需都在身边，触手可及，但这个世界的运行不会像旋涡一样把你卷进去，那浮躁和繁华，你可以进去，也可以随时抽身出来。

文登在黄海边，隶属威海，我故乡也在黄海边，海浪同时从远处涌上来，同一场海风吹进两座城市。街道宽敞、整洁，走在马路上,我可以把速度放到最慢,走走看看停停,生活可以不气喘吁吁,更可以不气急败坏;如果在北京,喇叭声催你快点,行人让你闪开,交通高峰时段,你会觉得你站在哪里都多余,这地方就不该有一个个体的位置。这城市的繁华和发展与一个个人是敌对的,它坚硬、庞大、刚愎自用,永远不会是你的。而文登和我故乡的城市,你行走、停下,一转身就会发现它的柔软和平常心,它已经在最日常的意义上容忍和接纳了你。这种地方才像家,可以散漫自由地生活;而在北京,你必须把生活搞得像另一种意义上的工作,每天坐到已经被提前规划好了的工作岗位上。这是我喜欢文登的理由之一。

在这里,让我想起故乡的,还有"文登"和温泉。

两千多年前,秦始皇东巡来此,"召文人登山",遂名"文登"。有一说,始皇帝率众登的是文登山。不管登的是什么山,"登"应该是登过了。比秦始皇更早,孔子来到黄海之滨,在我故乡上了一处高地,从此成为古迹:孔子登临处。始皇帝和至圣先师应该都是好眼力,一定也都爱找好地方去,凭海临风,壮怀天下,这么推理,文登和我故乡显然都是好地方。坏地方各有各的坏,好地方的好却是相同的,到文登,我不能不想到自己的故乡。

温泉。我总认为有山有水是地方之幸,靠山可以吃山,靠水可以吃水,你有了就有了,没有就别再想了,除非下次地壳变动,上帝让世界重组,不过那会儿究竟有没有,谁也看不到了。整个山东有天然温泉十七处,文登就五处,占了快三分之一，你只能把它理解为上天对文登青眼有加。五处者：汤村汤、呼雷汤、汤伯汤、大英汤、七里汤。汤者，沸水也。温泉咕嘟咕嘟往外冒，不像沸水像什么。温泉是个好东西，富含众多矿物质，每一种对人都大有裨益，科学上有一大堆数据可以做铁证。泡温泉已然成了时尚，我也附庸风雅，去天沐温泉度假村"汤"了一把。泡在大大小小的温泉池里，想象那些稀奇古怪的矿物质正以各自独特的方式潜入我的身体，那感觉很像当年在故乡的温泉，我和一帮外行朋友围池而坐，光着上半身讨论温泉究竟如何有益于我们的身心。文登的温泉偏咸，我们那里是淡水，稀有的矿物质不管咸点淡点应该都是不会变味的。故乡的温泉在一个镇上，此镇以温泉为名，据说是华东第一温泉。天沐温泉的水温正好，让人昏昏欲睡，有那么一瞬间，我觉得自己是在故乡的温泉镇，只是水变咸了。

如果说最能得到熟悉的故乡式的日常感受，还是饮食。我家和山东接壤，母亲是山东人，和其他地方的江苏人比，我们家的生活和饮食与山东更接近。我说的不是达官显贵出入的饭局上的饮食，不在豪华饭店和某某宴上的，那种饭菜和排场你从天南吃到海北，每桌都一样；我说的是民间，随便走进谁家，赶上饭点盘腿就可以放开来吃的那种饮食。材料简单、朴素，从泥土和水中刚刚脱身，原生态地就上了桌。大葱刚从菜园子里拔出来，剥皮、冲洗，湿漉漉地堆在你面前；面酱刚从坛子里舀出来，直接放在白瓷碗里，不需要精致的小碟子；海鲜是真的海鲜，从海水跳进锅里，只放了一点盐，甚至盐都不放；馒头刚刚出锅，比拳头还大，因为火大表面裂了开来；野菜择过、洗净，塞进嘴里的时候还往下滴水；有生辣椒和大蒜，有带壳的生花生；可以坐在炕头，也可以坐在院子里，想怎么吃就怎么吃；不必考虑精致和优雅，不必警惕生猛和粗陋，让吃重归吃本身，回到最基本的口腹之欲上，而不是表演成社交、身份、阶层、文明、素养、姿态等等酒会、宴请上抽象的书面语。吃就是吃，畅快淋漓，无所顾忌，保持着事物与嘴巴的忠贞的唯一对应关系。

在文登，我在一户渔民家和山脚下的一家小馆子里吃到了这样的饭菜，实实在在的、纯粹为了吃而做的饭菜。所有的东西都从身边来，方圆二十公里以内，山上的、水里的、泥土中的，绿色，环保；不分阶级和名分，不讲营养和搭配，不考虑色香味的协调，不管菜系和帮派，洗干净了就端上桌，做熟了就能下肚；一桌人都吃大葱蘸酱，谁也别嫌弃谁说话有味，吃得肆无忌惮人仰马翻好不痛快。同行的一群人都长年文雅，终于有人惊呼，很多年没吃过这么爽的饭了！有人又给他递进一下：此饭之前，很多年里简直就没吃过饭！

我相信这是绝大多数出入大小的饭局者的心声。甚至是我这个与局无甚关联的人的心声，的确，这样的饭菜在很多年里都很难吃到了，它实在太家常，过于家常，家常到跟满汉全席一样，不是想吃就能吃到的。开始是客观上吃不到，后来，我们连主观上想吃的念头都没了——已经忘了还可以这样无所畏惧地、原生态地吃饭。也正是这一点让我更生乡愁。在老家，多少年我都是这样家常地吃饭，没有客人，来了客人也不会被当成客人。桌子前坐的就是吃饭的；凡能进嘴者，皆是饭菜。我故乡的饭菜和文登的这家常的饭菜一样家常，很多根本就完全一样。故乡与山东接壤，我们在饮食上也是邻居。

　　所以在文登，有朋友问我，习惯么？我当然习惯，太习惯了。他们要么拿北京的习惯看我，要么拿江苏的习惯看我，确切地说，拿苏南的习惯看我，岂知我在苏北，与山东既近邻又近亲，更主要的是，在文登，我常有恍惚，以为自己回到了故乡。

我喜欢的四个城市

耶路撒冷。伊斯坦布尔。圣彼得堡。阿姆斯特丹。

去过很多地方,没去过的大部分在各种地图上也见过,浩如烟海的城市里,这四个地方从记忆和感觉的水底一点点浮上来,还原出它们作为一座城市的全貌。我喜欢这四个城市。碰巧的是,在我喜欢上它们之前,一个都没去过,甚至有的长啥样我都不知道。就凭感觉,甚至凭它们的发音和它们音译过来之后的汉字。

比如耶路撒冷,最早我根本都不知道这四个字是干什么用的,就觉得四个汉字组合成这样,悠远、厚重、别致,发音也特殊。纳博科夫说,他能感知到某些词汇身上附着的别样色彩。他用俄语和英语写作。相对于斯拉夫语和拉丁语,作为表意的汉字这方面应该更显著,当"耶""路""撒""冷"四个字相遇在一起,我看见了坚硬的黑色、白色和灰色的石头,巨大,冰凉,悲伤而又决绝。必须是"耶",不能是"叶";只能"撒",不能"萨"。就这么奇怪。当然,很多年过去了,我知道耶路撒冷是座城市,远在以色列,是基督教、伊斯兰教和犹太教的三教圣城,耶稣头戴荆棘走过曲折盘旋的苦路,然后被钉上十字架,三天之后复活。我也知道这里有哭墙、圣殿山、圆顶清真寺、阿克萨清真寺和圣墓教堂,知道以色列和巴勒斯坦为这座"和平之城"三天两头打仗。我还知道每年世界各地的三教信众和精神游客风起云涌般来到这里,大街小巷都走着手持《圣经》的人。

但至今我也没有去过耶路撒冷。去过的是伊斯坦布尔、圣彼得堡和阿姆斯特丹。

必须得继续神神道道地说明一下,在这三个地名里,我说的是音译成汉字之后的地名,我同样看到了石头。四方的、打磨过的欧洲式的石头,如果嵌进建筑的基座,那石头将巨大、巍峨和庄严;若铺设成道路,经年的雨水、冰雪和脚底板把它们磨砺出清幽的光,如石头的包浆。与耶路撒冷的干冷硬有所区别,这三个名字散发出潮湿的水汽,它们让组成城市的石头雍容、自然、平易和放松。我去伊斯坦布尔、彼得堡和阿姆斯特丹,果然看见了泱泱大水。伊斯坦布尔地跨博斯普鲁斯海峡两岸,南接马尔马拉海;彼得堡位于波罗的海的芬兰湾东岸、涅瓦河的河口,市内有运河流淌,当年彼得大帝乔装去荷兰学习造船技术,看中了阿姆斯特丹纷繁精密的运河,照葫芦画瓢移植到了他自己的城市;阿姆斯特丹的运河让人眼花缭乱,坐船在街巷之间的运河里穿行,绕了几圈之后我就犯晕,完全弄不清方向,直到船驶入阔大的水面,看见东印度公司的旧址,方向感才一点点找了回来。

据说，阿姆斯特丹运河的灵感来自中国的京杭大运河。马可·波罗在元世祖忽必烈的手下做官，沿运河上下看了个遍，回意大利，在监狱里口述了《马可波罗行纪》，此书影响之巨大，接近于让欧洲开眼看世界了，这一场对东方的想象盛宴极大地推动了欧洲的航海事业；正是在这本"世界见闻录"里，马可·波罗狠狠地赞扬了京杭大运河，好东西啊，不仅解决了交通的大问题，还跟家国的稳定、市井的繁荣息息相关，整个运河上流淌的哪是连绵浩荡之水，分明就是白花花的银子。据说阿姆斯特丹看到了这本书，见贤思齐，几经实践，于是今天我们看到了阿姆斯特丹令人犯晕的运河。

可能有人会说，美好的音译固然可以给一个地方加分，丰沛的山水和石头当然也可以让你喜欢上一座城市，但要持久地钟情，只靠这些，怕是有欠推敲吧。我多次遭遇类似的质疑。我的反驳只一条：难道这还不够？我觉得已经相当充分。你没法给所有言行都附上充足的答案：有的问题可解，但你只知一解、两解至多三解，够了，它的美妙就在有解却不穷解；而有些问题干脆就无解乃至无须解。这多好，从对一个遥远的音译外来词汇的美好感受和想象起，钟情在感觉和理性之间顺流而下。当然，随着知识、阅历与思考的渐长，我也会逆流而上，重新认识和考证这些城市，把感觉给分解和精确化，落实到每一个城市的细节里。毋庸置疑，人文历史是最重要的指标。

圣彼得堡除了石头和水——圣彼得堡的石头是如此珍贵，当年彼得一世起意兴建这座皇都时，这里只有芦苇、荒滩和泥水沼泽,山不转水转,彼得大帝下令,那就无中生有,凡过往船只路经我宝地,不课税银了,改收石头,按吨位算,其他地方的基建能停也先停下,石头都拉过来,紧急支援新首都建设——必须提到普希金、莱蒙托夫、果戈理、陀思妥耶夫斯基、高尔基、阿赫玛托娃,乃至纳博科夫、布罗茨基,当然还有关押过陀思妥耶夫斯基的保罗要塞、青铜骑士、十二月党人、冬宫、喀山大教堂、伊萨克基辅大教堂。如果你对俄罗斯文学熟悉,走在涅瓦大街上,你能在众多街角和建筑前看见普希金们的影子。彼得堡诞生于彼得大帝的传说里,茁壮成长却是在普希金和陀思妥耶夫斯基们的文字里。

伊斯坦布尔就算连石头和水都没有,就算它不叫伊斯坦布尔还叫君士坦丁堡,去过一次你可能也会喜欢上它。想想吧,它曾是罗马帝国、拜占庭帝国、拉丁帝国、奥斯曼帝国和土耳其共和国建国初期的首都,从四世纪一直到二十世纪;一百年留下三两座废墟,这座城市也该满满当当哪一脚踩下去都会碰到个故事。不过走在老城里,我拿的不是伊斯坦布尔的历史作旅游指南,而是帕慕克的小说和散文。奥尔罕·帕慕克,二〇〇六年的诺贝尔文学奖得主,生长在伊斯坦布尔的一个上流社会,但他喜欢走街串巷,二十岁以后,他开始把伊斯坦布尔曲折起伏的砖石街巷写进一部部小说里。他还写了本城市传记——《伊斯坦布尔》。就像去都柏林你可以拿着乔伊斯,去芝加哥里可以手持索尔·贝娄,去纽约可以参阅唐·德里罗,在伊斯坦布尔,你可以随身携带帕慕克。

最难说的是阿姆斯特丹。

阿姆斯特丹的自行车

有生以来头一回看到这么多自行车，在阿姆斯特丹中央车站门口。一片片蔓延过去，一层层蔓延过去，巨大的停车场地放不下，只好像在立体停车场一样"Z"字形折叠起来，从这一端拥挤缓慢地走到了另一端，从这一层倾斜地爬到另一层。每一辆车子银亮的把手上都映鉴出好几个太阳，可以想象那阵势，沸腾的钢铁正在燃烧。每次经过那些翘首以待的自行车把手，其无从计数的宏大场面总让我想起天安门广场。一点理由都不需要有，数字的累加到了位，震撼人心的宏大叙述就出来了，既具体又抽象，只这一片自行车的海洋就给了我阿姆斯特丹整座城市的感觉，进而是整个荷兰的感觉——其实除了阿姆斯特丹、莱顿和海牙，我对荷兰的其他地方一无所知，但有这浩瀚的自行车在，我以为我明白了，荷兰与这片自行车之海息息相关。

在每一个车站旁边都有这样巨大的停车场，上下班的人，长短途出门的人,把自行车骑到车站,停下,存定,买了票上火车。阿姆斯特丹是座水城,城里有蛛网一样缠绕的运河,城外是海,房屋古老,街道狭窄,单行道猝不及防,在星盘一般一圈圈向外扩展的老城区,如果不是当地的老司机,转上几圈恐怕连汽车也跟着晕了。反正我这个有年头不晕车的人,在出租车上转了几条街后,空荡荡的胃里也要无中生有地往外冒东西。方便的是船,像在威尼斯,但游艇不是谁都玩得起,自行车就成了最重要的交通工作。大街小巷都是自行车,你在阿姆斯特丹古老的红褐色砖头街道上走,如果你身边没有自行车飞速地擦衣而过,那它们一定就在你旁边随心所欲地站着:立正站好,靠着树干,锁在桥栏上,斜倚广告牌,或者干脆歪倒在地上。街道上缺了老砖头也不会缺自行车。因为自行车多,因为需要的自行车多,失窃的自行车就很多,一个住在阿姆斯特丹的作家跟我说,他丢掉的自行车已经多达两位数,单在念书时就丢了七辆。你不知道你的宝贝坐骑什么时候就被小偷顺走了;你也不知道你的坐骑的某个重要零件怎么就突然不翼而飞了。每一回运河清淤,都会挖掘出无数残损的自行车,车架上锈迹斑驳,看上去像这座城市一样,上了年纪。

自行车是喧嚣的大多数。在北京从来都是开汽车的是老大,在阿姆斯特丹骑自行车的才是老大,在你身后摁喇叭的极少,但在你身后喝令你闪开的很多。我在酒店门口就见过两例,骑自行车的呵斥开车的占道。荷兰语我听不懂,不过天底下骂人使用的都是统一的表情和口型,我肯定两轮车主骂出了脏字，但四轮车主只是绅士地赔了一笑。问题是，人家根本没时间看你的笑脸，你的笑尚未落定，人家已经飞车几十米外了。在北京我是资深的两轮阶级，被四轮的财主在屁股后头摁了十年喇叭，此情此景，在阿姆斯特丹，我还真是狭隘地私生了一下快意。真为咱们穷人长脸哪。

不过你要认为在阿姆斯特丹只有穷人才骑自行车，那就错大了。荷兰人的日子相当好过，好像仅次于瑞士，没几个国家比它更像人间天堂。不差买汽车的那几个钱，但是自行车还是得骑，这是整座城市最有效的交通工具；就算你有钱摆排场，那些十六、十七世纪就铺好的砖头路，你也没办法让它们突然变宽。自行车是阿姆斯特丹的日常生活，就像咱们不管达官显贵还是升斗小民，过日子都得吃米一样，这事本身不带阶级色彩。那一天我们从阿姆斯特丹市长官邸里出来，我问随行的荷兰朋友，市长会骑自行车上班吗？他说当然，部长们也经常骑自行车上班。

对此我有点缺乏想象力，不知道你是否也如此。让我们一起来虚构一下，想象咱们的市长、部长们骑着自行车上班的情景：推着自行车，车把上挂一个公文包，出门，踩一只脚蹬，助跑，抬腿，上、上、上——车。这个过程被我想得支离破碎异常艰难，因为我总是注意力不集中，习惯性地替领导们盘算，自行车的后头到底应该跟多少人合适，这些人骑车还是坐车；还有，一个更为要害的问题是：咱们的市长和部长们还会骑自行车吗？

海德堡

时差倒得差不多了,早上七点多醒。也回到了国内的习惯,刷牙之前刮了胡子。欧洲生活慢慢进入正轨。

上午跟车去海德堡,下午三点多回到宾馆。法兰克福是德国第五大城市。海德堡在规模上,不比中国很多镇子大,尤其市中心区就那么短短的几条街,转个身就走到头了。但实在是漂亮。海德堡大学建校八百年,是德国非常著名的传统式的大学,文科为主。开放式,他们都在逛店购物时,我去匆匆瞻仰了一下,在市中心,只看到了局部,但根据海德堡市的规模,海德堡大学也不会太大。这座古老的城市沿河而筑,两岸的居民都依山而居,从山下往上去,并不巍峨,但层叠而上,颇为精美。街道窄小,小方块石或砖头铺就,符合我想象中的欧洲的老城市,这样的街道两边如果不出现咖啡店和艺术品古玩店是不合适的,海德堡显然最大限度地满足了我对一座优雅、古老、悠闲、精致的欧洲小城市的想象。街道和店铺有种雍容富丽的沧桑感和历史感，像黑色的石头上涂了一层奶油，不是很腻，适可而止。它不会声嘶力竭地喊，不想让你惊心动魄，它只让你自然地惊一个小讶，嘴半张，哦，古老，好，这就够了。即使城市背后的著名的古堡，坍塌过，断裂过，残缺过，你也很难从中看到凄厉和悲惨。你不会像在中国看到的很多古迹一样，有种窒息的沉重，让你有撕心裂肺的痛。中国的很多古迹常会把我的情绪推到顶点，让你产生绝望的末日感，若残败，你甚至能感到生命无奈而决绝的消失感。海德堡的历史感和沧桑感是柔和的，中国式的历史感常是干硬的、枯涩的，像冰冷的刀穿过你身体。或者是，海德堡的沧桑和历史感更接近南中国，而中国的北方，沧桑和历史是要人命的。

街道窄，就显得两边的建筑高和阴郁，而德国人的确也热衷于哥特式建筑，所以拍街道时我从来都是竖起相机，让构图瘦长。镜头里的街道总是幽暗，但在图像的上方，狭长的锐角三角形的蓝天和白云突然亮起来，让你不由得惊喜和感激。我很喜欢拍这种窄窄的街道，到中国南方我也乐此不疲，寓动于静，幽明判然，很有成就感。

在国外我最喜欢的是看和拍建筑，我知道是舍本逐末。我应该多看看人，但一不小心眼光还是瞟到高楼和房屋上去了。聊可安慰的，铁打的营盘流水的兵，五湖四海的人来了又走了，留下来真正属于这个乡村、这个城市、这个国家的，只有这些建筑。然后喜欢的是散点在城市各处的小印迹，比如海报、广告、寻人启事，以及涂鸦族在墙壁、路面、垃圾桶和桥墩上的信手创作。这些图像给我松散、凌乱和从容、自然的感觉，非常好，城市最放松、最任性和最真实的一面都在这里：高雅靠着庸俗，规矩依赖冒犯，包容和平常心在这里成为一种美。法兰克福和海德堡的海报栏都是圆柱形，在街头和路边，内容、颜色和图案五花八门，凌乱大概只有在这种地方才会成就和谐。文字很小，图像很多，海报上的脸争奇斗艳。时间来得及，我都会停下来拍一张；如果方便，我会请别人帮我和这些圆柱形的海报栏合个影。这些海报栏不同于我们见到的扁平的墙壁和玻璃木板，它们站在街边成为建筑的一部分，看起来的确像一间别致的小房子。头几次见到，我围着转了好几圈，希望突然从柱体的某个地方裂开一条缝，一扇门打开，走出来一个人。在我看来，它也比一块站着的板子更像城市的一部分。

　　一路上风景甚好，大叶林、小叶林和针叶林在深秋颜色各异，符合毛主席说的"层林尽染"，尤其阳光大好不是小好的时候，天是蓝天的蓝，云是白云的白，干净的天空和云朵，漂亮得让人心碎。

教堂

在美国我拍得最多的建筑是教堂，远远看见它们举上天空的十字架，我就把相机打开，一个都不放过。整理照片时发现，拍下的各类教堂数十座，如果不惮于摄影技术的简陋，可以考虑办一个教堂摄影展。我是无神论者，我喜欢教堂，喜欢它们的高瘦挺拔和清冷庄严，在我所见的美国建筑里，它们比芝加哥的西尔斯大厦与天空靠得更近。当西尔斯大厦的顶端在高处的某一点停住时，所有教堂的十字架继续上升，不论它们有多矮，垂直于天的那一端像一根根执拗的手指，一直指上去。

——我是无神论者，喜欢教堂。作为一种建筑，教堂最大限度地体现了民间纷繁复杂的建筑智慧，你很难看见两座长相雷同的教堂，一座一个样，它们极大地满足了我这个形式主义者的癖好；同时作为某种让我着迷的精神象征，它所负载的信仰的力量让我震惊。一座教堂也许只是一个美的形式，无数座教堂一起，就从形式变成了内容，既抽象又实在，就像看见千万人一起弯腰、祷告，向一个共同敬畏的神灵说，我将与人为善，我渴望安宁的来生。我一座接一座地看，源源不断，这是个充满基督教的国家，永远有你看不完的教堂。

在奥马哈，我拍下了五座教堂。但据说这个不到四十万人的城市里，教堂百座有余，可惜我不能总是把相机像钱包一样随身携带，所以对一闪而过的很多教堂只能扭回头狠狠地再看一眼。在奥马哈，有两座教堂每天必看。一个月里我从不同的角度给它们俩拍了无数张照片。

一座在我住的J教授和Y教授家的旁边，出门就能看见并列耸向天空的教堂双塔。这是座古老的教堂，高大雄浑，听说内部装饰极为华丽，必须借用"金碧辉煌"这样的汉语成语才能解释清楚。在J教授的介绍里，我总是想到凡尔赛宫和克里姆林宫，因为只有欧洲的宫殿才会有巨大的穹顶，有哥特式的窄门和坚韧的立柱。在故宫还叫紫禁城的时候，在皇帝和嫔妃们还活着的时候，奢华则奢华矣，那个空间却是平面的、向下的，别人指向天，我们指向地，我们要牢牢抓紧大地得到现世的权势和荣华才能放心。我一直想进教堂里看看，又怯于一个人进去，我总是看见它大门紧闭，而板着脸的巨大的门让我本能地感到神秘和恐惧。——这有道理又没道理，因为教堂本质在于宽容、接纳和施与，天国之门欢迎万方来朝。

也许正是缘于这个神秘和恐惧，我总会想象如果我推门而入，那会是一个经典的电影镜头，一个忐忑的小偷进来了。无神论者也可以有恐惧,所以我宁愿不进去。我只把它放进镜头里,啪嗒一张,啪嗒又一张。

如果去克瑞顿大学,必定要经过大学的教堂。教堂始建于一八七八年,根据这个古老的年头就可以想象它的雄伟和庄严。受一些三流影视剧的影响,我总有一个固执的错觉,就是这教堂依山面海,山在高山之巅,背后是万丈悬崖,中世纪的风擦着后脑勺呼啸而过。事实当然并非如此,这大学教堂只是处在一个高地上,两个塔尖直插云霄,因为高大,每次拍它我不得不仰拍,这更助长了它的傲岸,简直成了连接天地的唯一的路。这教堂必须要建得伟大,因为克瑞顿大学是教会大学,教堂是中心,所有的建筑和活动要围绕它展开,就像斯蒂文斯的那只著名的田纳西罐子,这是世界的原点。

克瑞顿的教堂门楣宽大,周围装饰浮雕,有天使在墙壁上飞。它是大学的中心,门前是学校的主干道,学校所有重大的事情多半要发生在这里。比如募捐、会餐,比如裸奔。

有几天我总能在教堂前面的喷泉旁边看见一顶帐篷,帐篷里坐着几个学生。今天坐这两个,明天又换成另外两个。我终于忍不住想问问他们为什么要把小帐篷搭到这个地方来,当时我和 Y 教授在一起,就请 Y 教授问一下。帐篷里的一个女孩说,他们在募捐帐篷,现在经济危机了,奥马哈一定有破了产的无家可归者,为了他们不至于露宿街头,所以同学们决定募捐帐篷。他们把帐篷搭在最显眼的位置上,募捐效果就会好一点。原来如此。

有个下午我从办公室出来,看见教堂附近挤满了人,人人拿着一个碟子。我弄不明白什么样的集体活动需要大家都端着饭碗边吃边干,问了才知道,这学期课程在今天结束了,明天就要复习迎考了,庆祝一下,所以食堂干脆把餐车推到室外,天大地大让同学们吃一顿自由餐。旁边的草坪上有乐队在演奏,黑人小伙子激情澎湃地敲着爵士鼓,一个男生在唱歌。他们的狂欢想来是为了庆祝学期结束,要是为了庆祝可以考试,那境界实在是太高了。

大概也是为了庆祝,有人第二天从教堂门前裸奔而过。

那会儿接近中午,我和 J 教授、Y 教授开车到学校,他们俩去学生活动中心参加个聚会,我一个人去亚洲世界中心的办公室。过马路的时候还在想是不是要把相机拿出来,过了马路我要去拍一尊圣母雕像,犹豫一下决定还是到了雕像前才拿相机。刚过马路,听见旁边嗷嗷怪叫,扭头看见两个白白胖胖的光身子从身后跑过来。两个小伙子头上裹着白T恤,只露出两只眼,张牙舞爪地裸奔,嘴里兴奋地直叫唤。白人的确是白,小鸡鸡都白,在身体前面甩来甩去。他们沿着教堂前面的大道一路跑下去,当时路上行人不少,很多女生哈哈大笑。我看到了西洋景,想必这裸奔对她们来说也是个西洋景。等我反应过来要去拿相机,裸奔英雄们已经跑到教堂前面了,而过了教堂地势开始降低,就只能看见他们裹得严严实实的脑袋了,然后脑袋也消失了。只有喊叫声经久不息。我沿着大道望过去,几乎所有人都原地不动,要么瞠目结舌,要么觉得好玩,像过节一样开心。可见即便在裸奔无罪的美国校园里，它也不会频繁到成为日常现象。

J教授和Y教授说，他们在克瑞顿这么多年了，也没撞上这种事。我开玩笑说，那是我运气好。裸奔经过教堂，这在道德家看来，完全可以上升为一个复杂的象征，没准最后可以证明出：世界已经完全乱了。但在克瑞顿的主干道上，等裸奔者消失，等瞠目结舌者五官归位，等过节一样开心者敛住笑容，他们继续走路、聊天、思考，没有人觉得有必要去看见比裸奔的过程更多的东西，裸奔事件到此结束，日常生活重新开始。教堂是教堂，裸奔是裸奔，裸奔经过教堂不过是裸奔经过教堂，而不会是其他什么更为严重的东西，不必要求他们写检讨或者留校察看。

每次驱车购物的路上都要经过一座教堂，很可能是奥马哈最大的一座。在一个小坡顶上。奥马哈没有山，但地势起伏，你从最低处往上看那教堂，它就在山上，规模极其巨大。出门即见的双塔教堂和克瑞顿教堂只是座教堂，进去就是那种不需要解释的厅堂，而这座教堂却是一大片建筑群，做礼拜的、办公的、后勤的、钟楼，各有其宽大的场所，周围是一大片树木、草坪和停车场。如果你不看它凸出的尖顶和十字架，你会以为这是座巨大的庄园；如果枝叶再繁盛一点你看不见房屋，你会以为正经过一个路边公园。一点没有意外，这座教堂建筑华美，好像是出自某著名建筑设计师之手。

事实上，很多教堂都是著名建筑师设计出来的。在任何一个居住区里,教堂都毫无疑问是最重要的公共场所,房屋居所是自己的,你随便怎么整都行,教堂的建造却必须群策群力,所以经过一个个美国小镇时,我看见镇上的教堂几乎都是最好的建筑,材料是,造型也是,一个小镇的智慧都集中在这同一座建筑上。甚至地理位置也是最好的。对一个新兴的小镇来说,最先出现的建筑通常就是教堂,身体可以露宿野地,灵魂不行,他们必须先把主供奉在一个安全、舒适、正大的所在。他们在最具天时地利人和之处择定方位,所有人都把木头运过来,商讨,设计,叮叮当当一阵猛干,他们的耶稣基督在此落户了,然后他们以此为中心,紧密地团结在十字架周围。

Y教授有个精妙的比喻,对美国小镇来说,教堂有点像中国的居委会。的确如此,这是小镇最大的公共空间,大家来礼拜祈祷,开始前和结束后可以展开社交,大大小小的事情在出门之前就已经解决了。而政府的职能单位市政厅、镇政厅,往往小得可怜,我见过的很多小镇上的管理部门只有一间小房子,要不是门前挂着"CITY HALL"的小牌子,你会以为这地方无为而治。当然它的确也不需要骇人听闻地巨大,它是个服务部门,市长镇长有的连工资都不拿,它不需要通过豪华巍峨的政府大楼来体现自己的权威。在这一点上,也许小镇上的居民相信神来管理众生,比挺着大肚子的官员来管理更可靠一些。

我是个无神论者,不能切身地体会他们对主的虔诚和敬畏,但那虔诚和敬畏本身是我所喜欢的。我总以为,有虔诚和理想总比没有虔诚和理想要好，有敬畏总比没有敬畏要好。因为我们无所敬畏，所以肆无忌惮，要与天斗与地斗与人斗且其乐无穷，天和地和人有时候的确需要去斗一斗，但斗多了斗过头了，其结果证明的恰恰不是人的伟大，而是人的不堪和毁灭性。虔诚和敬畏不一定要皈依某种宗教，它只是个信仰问题，比如，你也可以信仰最基本的善，由此你有了基本的善恶判断，也就有了必要的规矩和准则。有规矩乃成方圆，这个世界在这个意义上才可能会更好。

在所有见过的教堂里，能拍下来的我尽量拍下来，如果相机打开得迟了，车行疾速一闪而过，那就只好遗憾了。最遗憾的是错过了南达科他州的一座小教堂，非常小，小得都算不上一间小房子，小得都容不下三个人同时站进去，在南达科他州印第安人保留区里的一片旷野上，在路边，一个陡峭的急转弯从教堂前面经过，等我看见它时，车子已经开始拐弯，当时天不好，风和雨和黑云朵压在头顶，我不好意思让车停下来，只能最大限度地扭转脖子去多看几眼。实话实说，当时我感到震撼，不是因为它的小，而是因为它的存在。

自从白人带着枪炮和现代文明来到北美大陆，印第安人的生活就被迫越来越狭窄。他们遭到屠杀和驱赶，最后被从马上赶下来，他们当年纵横的整个北美大陆辽阔的疆域萎缩成了现在的印第安人保留区。他们不得不把坐惯了马背的屁股移到汽车上，他们很不开心。为了保留草原、山林、野牛、游牧、自由和自己的文化，印第安人与白人争斗了几百年之后，人口和土地同时急剧减少,现在他们像蒲公英一样分散在保留区的一个个角落里。我看见的就是其中一朵或者两朵小蒲公英。离教堂不远有几间很小的旧房子,甚至还有一间学校,小得如同模型。

——我想说的是,即便如此,他们依然需要一个教堂,不管它有多小,但必须有。有和没有是完全不同的两码事。可以被驱赶,可以贫困,可以偏安一隅乃至与世隔绝,但精神依然要寻求安放,他们要保留住敬畏和通往天堂的路径。有希望和寄托才可以继续活下去。我想象如果小房子里的人同时出来做礼拜,不管几个人,也只能一个一个来。一个人进去,祈祷,完毕,出来后另一个再进去。如是,一个接着一个,仿佛轮回,在这片可以忽略时代的旷野上,岁月悠长,十字架永远垂直着问天。

哥伦比亚的马尔克斯

除了好莱坞电影里的大毒枭和街头的黑帮火拼，我关于哥伦比亚的所有认识都来自加西亚·马尔克斯。包括波哥大，这个翻译成汉语总感觉莫名其妙的地名，如果不是马尔克斯曾在此读书、工作、生活，并在作品中屡屡提及，我肯定不会像现在这样喜欢。波哥大，事实上马尔克斯本人也不是很喜欢。我在波哥大最著名的一条街上和一个哥伦比亚年轻人聊天，他说，马尔克斯更喜欢墨西哥，你看，他常年住在墨西哥城。这也是很多哥伦比亚人对马尔克斯颇为纠结的原因之一，他们认为，除了文学，马尔克斯没有给哥伦比亚贡献更多：他没有帮助哥伦比亚人解决更多的政治和现实问题，他甚至都不住在自己国家的首都。而马尔克斯的故乡小镇上的人甚至说，当作家他赚了很多钱，本可以花些钱铺路或者建一些卫生所。他们显然希望，这是一尊彻彻底底的他们自己的神；达则兼济天下，这个"天下"当然得是哥伦比亚。

到哥伦比亚之前，我把这个国家想象成一个大若干号的马孔多，因为马尔克斯就是这么写的。我还知道哥伦比亚盛产香蕉，《百年孤独》写到了香蕉种植园事件。哥伦比亚还有很多稀奇古怪的事发生，有人可以坐在毯子上飞上天，有人一出现就招来无数的黄蝴蝶。不过黄蝴蝶我见到最多的不是在哥伦比亚，而是在墨西哥。我们开车行驶在从梅里达到坎昆的高速路上，两边高大的灌木如同两堵墙，你根本看不到更远的地方有什么，一只只黄蝴蝶从灌木丛里神话般地飞出来，速度快的，掠过我们的车，行动迟缓的，迎头撞上了车玻璃，留下一摊黄色的粉尘和液体。马尔克斯在作品中很多次写到咖啡，但没有强调哥伦比亚的咖啡究竟有多好，我就没当回事。欧美的咖啡嘛，相当于亚洲人顺嘴说到的茶，我照着平常的量来了一杯，几分钟后问题来了。

起反应了？当时刚坐到中央大学的演讲台上，觉得心跳的节奏突然变了，像老火车被迫提速，跑得有点上气不接下气。波哥大海拔两千六百四十米，友好的哥伦比亚朋友曾提醒我注意高原反应，我说谢谢，哥们身体好，如履平地。我在演讲中如实说到了"气短"，他们就笑了，那是咖啡的反应，难道你不晓得哥伦比亚的咖啡很厉害吗？原来如此，马尔克斯没把事情说清楚。我只好回答，现在知道了，哥伦比亚的咖啡跟小说一样，劲儿大。

我是谈文学的。波哥大的教授和读者说，谈谈你如何写小说吧。自家产的，问题不大，但坐到台上，看见听众里一张张酷似马尔克斯的脸，我决定转换话题，主要说马尔克斯。在大师的故乡说自己的写作，我想还是别班门弄斧了。我是来朝圣的。我从大学一年级开始疯狂地阅读马尔克斯讲起，讲因为《百年孤独》，我打着手电在集体宿舍的被窝里写作平生第一部长篇小说，魔幻现实主义的，一个人在梦中穿过沼泽，醒来看见脚上还沾着泥巴，浑身上下浓重的淤泥味怎么洗都去不掉。这部小说当然没有写完，手稿至今还在我的柜子里。讲为了得到一本《马尔克斯中短篇小说集》，我以定价的十六倍赔给了图书馆，身上的钱不够，临时找同学去借。讲这些年马尔克斯对我、对整个中国二十世纪八十年代以来的当代文学的影响。讲马尔克斯去世的那天早上，我在外地出差，一大早打开手机，微博、微信上漫山遍野的消息，那天我躲在宾馆里，给报纸写了一篇两千多字的纪念文章。讲哥伦比亚驻华使馆在马尔克斯逝世一周年的纪念活动上，主持人摘引了我写的那篇《只有一个马尔克斯》：

"在当代，大概很难找到另一位作家像马尔克斯这样能够对全世界产生如此持久和显著的影响力。一九八二年获诺奖以来，他就成为全球瞩目的焦点，此后，每一年诺奖揭晓，尽管新科状元走马灯地换，你都会在这些闪光的名字背后看到另一个同样闪光的名字——加西亚·马尔克斯，因为你总会在潜意识里用他的成就和标准来比照新得主。就像我们提到十九世纪以来任何一位别的作家时，都会让他们的身边站着一个托尔斯泰，我们不乏阴暗地想看一看他们和托尔斯泰的肩膀是否一样高。在这个意义上,别的作家可能只得了一次诺贝尔奖,而马尔克斯获得了自一九八二年以来的每一届诺贝尔奖。"

我来哥伦比亚是朝圣的。遗憾的是,因为行程所限,来不及去马尔克斯的故乡阿拉卡塔卡镇,只能在波哥大寻找大师的蛛丝马迹。但在这座城市,如果你不张嘴去问,很难在日常细节里看见马尔克斯的巨大荣光。而在智利,你在城市的街巷里游走,一不小心就可能在街头涂鸦中看见聂鲁达。智利人熟练地画出聂鲁达宽阔的脑门和大鼻子,他们把以伟大的诗人为荣表达得直接坦荡。哥伦比亚人当然引马尔克斯为骄傲,当他们知道你是作家时,总要一遍遍问你,他们家的马尔克斯对你的影响到底有多大。但是马尔克斯尚未全面渗透进波哥大的日常生活。因为大师还不够古老?或者他们还没来得及消化一位超级大作家?

走在波哥大的街巷里,因为缺少行迹指南,我只能想象大师在我落脚的每一个地方都走过。半个多世纪前,那个落魄又充满激情的年轻人在这座城市里寻寻觅觅。他第一天在首都大学的宿舍里醒来,大叫谁往他床上泼了水:波哥大太潮湿了。可能是我来波哥大的季节不对,晚上我把酒店里的空调关了,第二天早上起来,摸一把被褥,还是干的。对此波哥大人一笑,小说家言而已。

走街串巷,朝圣依然落不到实处,我想起通常的好办法,买纪念品。所有纪念品中,我最喜欢的是作家的雕像,但凡去过的国家,我都会想办法找到喜欢的作家的雕像。问了很多人,哪里有卖马尔克斯的小雕像。众说纷纭,皆含混犹疑,只说哪里哪里可能有吧。事实上哪里都没有,该逛的地方都逛了,该问处也都问了,一无所获。

从黄金博物馆出来,还是不死心,去旁边卖各种纪念品的市场问,几个摊主都摇头。有个娇小的女老板让我等等,去问一个女伴,那女伴也不清楚。旁边一个挺着大肚子的男人听见了,说他知道,五条街外有个马尔克斯文化中心。那中年男人穿一套肥大的西装,打领带,有点谢顶,皮鞋最近几天没擦油,看样子是市场里的领导。我们一路往前走,经过一家报社、一个立着传教士雕像的小广场,穿过一排排殖民地时期的楼房,靠街的底层铺面里在卖各种真真假假的金银首饰。

五个街区,左拐,国家图书馆附近的一家书店。谢了顶的好心人找到一个在书店外卖书的售货员,用西班牙语说话。他们应该很熟。售货员是个戴眼镜的瘦子,带我进到书店,书店很大,层峦叠嶂地摆满了各种书。纪念品在收银处。女收银员心情肯定不好,绝大多数时间都低着头,只用凉飕飕的眼睛余光看人。没有雕像,只有这个,她把印有马尔克斯头像的冰箱贴和贴着老马头像的便条夹及木头镇纸拿给我看。做工都挺简陋。这就是马尔克斯文化中心?我有点怀疑是不是把他的意思翻译错了。既然没有,只能聊胜于无;相对于纪念品的质量,价钱贵得稍显离谱,便条夹一万比索,边长不到四厘米的正方体镇纸一万五千比索。还是拿下了。付款的时候收银员依然板着脸,看来这世上没什么能让她笑了。

他们怎么能这么对待马大师呢，我都要愤愤不平了，朋友急忙赶来，那边有老马的图书专柜。冲过去，果然壮观，宽敞的展柜上堆满了各种与马尔克斯相关的书：他写的，写他的，各种版本的作品、传记、研究著作、影像资料。我觉得舒服了一些：大师要有大师的样子。买了一本精装的纪念影集，抱着书跟一展柜的书合了影。抱完自己买的书，我又去抱不打算买的书继续合影，那些书上照例都有老马醒目的头像。这个区域的营业员是个男的，戴眼镜，长一脸黑亮的络腮胡子，他安静地在一边看，对马尔克斯的粉丝他肯定见得太多了。等我拍完照，把每一本有兴趣的关于老马的书都翻了一遍，他微笑地问我从哪里来。我说："China."

/ 文艺评论篇 /

《纯真博物馆》和帕慕克

一

因为这本书带在身边的时间很长，因为这本书本来就很长，因为我的阅读速度一向很慢，所以，在阅读和阅读间断的时间里我生出了很多零碎的想法，想法之多让我一时不知道该对它说什么。那就从最频繁的疑问开始：我为什么要把它读完？为什么在读过帕慕克的其他大部头诸如《我的名字叫红》《黑书》《伊斯坦布尔》《雪》之后，我还迫切地想读这本《纯真博物馆》？在书房里读，在上下班的地铁里读，在飞机上读，出差活动结束后在宾馆里读，好几次我都想放弃——用四十多万字绵密地讲述一桩惊不了天地泣不了鬼神的爱情故事，其微小与琐细让我怀疑时间花得是不是值。还有，在看这场爱情时，我常常怀疑它的真诚和本色，我的确在某些无边无际的细节的压迫下觉得凯末尔先生的爱情其实是个行为艺术，是一个为了证明自己如何忠贞、如何矢志不渝的显摆——如果一个人喋喋不休地在你面前企图证明自己爱情的纯粹，你就有理由认为他可能已经心虚了。漫长的爱情我们见过，在《霍乱时期的爱情》里；短暂的爱情我们也见过，在《情人》和《廊桥遗梦》里；比较而言，《纯真博物馆》里的爱情数度让我觉得是帕慕克先生在强以为之，好像他不是在讲述一场爱情，而是在演算方程式，证明一场爱情可以如此这般，烦琐细碎的材料堆积让我胸闷。

但是，我还是很喜欢这个小说，而且坚持把它读完了。

二

首先不是因为爱情。我想看他怎么写。

爱情几乎在所有的小说里都得出现，作为配料，因为我们都喜欢爱情；也正因为我们喜欢并多少都懂一点爱情，作家很少有胆量把爱情本身作为小说的主题——这可能是世界上最难的命题作文。在《纯真博物馆》里，帕慕克不仅要正面强攻爱情，还要解决一个巨大的难题：如何写出爱情活动缺席长达九年的爱情，他得让这想起来都觉得空空荡荡的三千天里充满让我们觉得切实可靠的柔情蜜意。

在小说里，上流社会的凯末尔先生遇上了"婚前情"。在和全伊斯坦布尔人都认为绝配的茜贝尔订婚之前，凯末尔不幸喜欢上了十八岁的少女芙颂，而且轻易地拿走了当时举国上下都无比珍视的少女的"童贞"。然后在和茜贝尔订婚的晚宴上,他发现自己真正离不开的人是芙颂。为此他坐卧不安,他如此迷恋她的身体和他们两个人私密的性爱,以致无法和未婚妻开展性生活。结局不难预料,磨磨叽叽之后,他和茜贝尔分了手,这很好。但是他的小情人已经以迅雷不及掩耳盗铃之势结了婚,一家人玩失踪,搬到了伊斯坦布尔的另外一个地方。作为已经不是处女的芙颂,她必须掩耳盗铃般地把自己迅速嫁掉。

形势陡转急下,开始"准小三"是芙颂,现在变成了凯末尔。他费尽心机找到芙颂的新家,准备第三者插足。没有拆不散的夫妻,只有不努力的小三。凯末尔相当努力,在芙颂几无表示的情况下,努力了近九年。这九年里他依靠千篇一律的拜访、一厢情愿的回忆和思念,以及从芙颂家"顺"一些她触摸过的小杂物过日子。这就是他漫长的爱情生活,单调、平淡、平常甚至平庸,简直乏善可陈,一句话足以概括掉。面对这思路别致得让人无话可说的爱情,我有下楼时一脚踩空的失重感和坠落感,而下降的过程又如此漫长,长达数年。要是我来捉刀,我真不知道该如何填满这稀薄的空白,还得让读者兴味盎然、感同身受。我想看看帕慕克的,这是小说主体,他逃不掉。

帕慕克的解决之道是:性和爱情清单。

二十世纪六七十年代的土耳其,婚前性行为还是个众目睽睽的禁区,欧风初渐,就算最洋派人家的疯姑娘,也得遮遮掩掩。料想女人的婚外性行为也得比做贼还谨慎。凯末尔在九年之中没能享受到和芙颂的任何性行为,虽然他每周坐在别人家的餐桌前最多可达五次。芙颂坚守自己的节操,不给他有一点可乘之机。可怜的凯末尔煎熬着,靠回忆和偷东西来寄托相思之苦。女主人公不能出墙的性,延宕了凯末尔的预期,从开始就给他定下了调子:如果你想再次得到我,只能在合法婚姻里。这等于在向他表明,我有可能离婚,和你在一起,但你得有足够的耐心。男人是头驴子,前头有根胡萝卜招引着,他就能一直走下去。凯末尔的胃口被吊起来,为了可以想见的大满贯,他一天天地忍受三千次。

在小说里我以为这是最为巨大的悬念,完全可以横跨九年,它的张力之大,也完全可以绷上九年。也就是说,九年的大的逻辑框架已经搭建牢实,只要细部的逻辑填充好,成立没有问题。这个命悬一线的悬念,大概也只有在那时候的土耳其才能成立,放在今天,见他的鬼,大概没几个男人扛得住,即便下半身可以精确地掌控,他也管不住自己的腹诽和头脑里的质疑:都这样了,你究竟为什么要守身如玉呢?他找不到那个胜过律法的强迫性的舆论。还可以再假设,如果芙颂不这么持守,隔三岔五给他点甜头,我怀疑凯末尔先生的劲头一点点就会全泄掉。他可能会过一天算一天,不去遥想那个美妙的完满的终结的果实;也可能得到了反倒不在乎了,不过尔尔,他会比现在更迷茫。所以帕慕克必须坚忍和苛刻,必须比芙颂还要咬牙切齿,稍一松懈和仁慈,小说将到此为止。因此在这部小说里,最辛苦的是作者,其次是芙颂,最轻松的是凯末尔,他只要勒紧裤腰带等就可以了。

这么说，好像男人就是个只好下半身的动物，当然不是。凯末尔有足可以供自己醉生梦死的爱情，尽管看得见却摸不着——他望梅止渴，对这爱情的享受令人动容。我把性拉出来单说的时候，它已经不仅仅指涉下半身，而是与爱与身体不能分离的"在一起"的生活。

框架搭好意味着九年有了可操作性，但如何操作对小说仍然是一个巨大的考验。帕慕克的策略是，给爱情提供物品清单。

用"清单"结构小说，这些年似乎流行了起来，很像当年的"辞典体"：从每一件东西、每一个相关的词汇切入，花开数朵，先散点，再连缀，相辅相生，最后漫山碧透层林尽染，完整的故事群像出来了。此类写法多半一词一物一个相对独立的小故事，写作上的调度比较自由，最大的好处也许是可以挣脱时间的羁绊，故事不必顺叙、刻板地往下讲。如果你能想象毫无起伏动荡可言的九年时间之漫长，你就可以理解帕慕克为什么必须打破顺时针叙述——吃了上顿想下顿，那得把作家活活耗死。帕慕克拉出了一个爱情物品清单：一只耳坠，一支口红，一张用过的电影票，一只玩具小狗，一把牙刷，一个口杯，4213个烟头，一副刀叉，一张过往船只的照片，一幅电影海报或者剧照，一只咖啡杯，等等。凡此种种，都与芙颂有关，被她的肌肤触摸过，被她的眼光扫视过，乃至在某一个合宜的时间与她同时存在于这世界上过，都被打上了"芙颂记"。凯末尔先生认为,这些平凡的物品因为见证他的爱情而伟大,他要把它们存放在"纯真博物馆"里,他立志保存跟芙颂有关的整个世界。作为作家的帕慕克,只需要耐心地为他交代出清单上重要物品的来龙去脉即可,写作在这九年里转而变得容易:完全不必担心这九年里无话可说,如果清单足够长,物品足够多,小说可以无限制地写下去。

也因为这九年破除了时间秩序,清单说明的琐碎和平常反而有了别样的魅力。交错纵横,小转折积累成大起伏,众多个体的简单成就了整体上的繁复和嘈杂,小说因此并不显得寡淡和无所用心——帕慕克的冒险成功了。

三

然后,因为爱情。我想看看帕慕克怎么写爱情。

尽管帕慕克在小说里负载了大量的历史和现实信息,让我们可以通过一个爱情故事通览二十世纪六十到八十年代的伊斯坦布尔乃至整个土耳其的历史,以及两性关系的演变,但显然他此书的基础建筑是爱情。如果爱情写不好,《纯真博物馆》于我的意义就是一本历史资料汇编。现在把历史、现实、信息和意义的外衣都剥掉,让爱情赤裸裸地站出来——一定有人要反对,文学的意义不恰恰在这些衣服上吗?身体是文学,衣服同样是文学,甚至是更重要的文学。这个观点我完全赞同,但是反对无效。我就想看看这里的爱情长什么样,既然此书以爱情名义而生。

实话实说,我的兴奋少于厌倦。帕慕克过于细腻,过于用力,过于想在每一个可能的爱情细节上微言大义——平常的爱情,平常心也许最好,一隆重肯定坏事。但不隆重似乎又不可能,帕慕克的野心是要溢出爱情,那负载如此巨大,他必须写出堪当大任的爱情来,他得让爱情身强力壮。但在整个爱情骨骼不够宽大的前提下,帕慕克只能在血肉上下功夫:细节、细节再细节,细腻、细腻再细腻。然后我们在浩浩荡荡四十多万字里,看见了一个浮肿的小个子爱情。血肉之多,枝蔓之繁复,看了此处总觉得相似彼处;那斩不断的相思,如影随形的爱情幽灵,说多了我不得不认为是矫情。

小说里的凯末尔活动空间很小,过去时爱情只有四十四天可供反刍,现在进行时的爱情则多年如一日,可以说道的实在不多。为了强调情欲之深刻,他只能一次次地从小物件说起,说他因为相思和嫉妒导致的腹痛。红烧肉我喜欢,每天三顿都上桌我肯定受不了;一两次咬牙切齿的情欲表白我会感动,同义反复的罗列我就觉得是表演,如同一场急于证明爱情深刻而适得其反的浮泛的行为艺术。大爱不言固然不一定就对,但唠里唠叨肯定招人烦,不是假就是别有怀抱,除非你是祥林嫂。

证明。就是这个词。凯末尔先生的叙述在我看来就是在证明其爱之深之恒久之永世不渝,条分缕析,不厌其烦,每一个小故事都要从"我"说起。哦,这个自恋的男人,在他列举爱之深重的很多时候,我都想打断他:先生,别展示和欣赏自己的忠贞与悲壮了——你爱自己一定胜过爱芙颂。你把所有小东西分门别类地存放进"博物馆",为了祭奠么?也许。我以为展示和证明"纯真"的可能性更大,你一个人的"纯真"。

四

好了,再说下去我可能会更不喜欢凯末尔先生的爱情。但是我明白喜欢这个小说的原因之一了,恰恰是对爱情的"证明"。这不仅是结构爱情的有效方式,还是结构小说的有效方式。也就是说,在帕慕克这里,文学具有鲜明的数学特性,是可以拆解、拼装、推理和证明的。在这部小说里,如上所述,帕慕克展示了他的方法论。

如果将《黑书》《雪》《我的名字叫红》和《纯真博物馆》放在一起琢磨,会发现这些长篇都是可以拆解然后重新组装——当然,所有小说都可以拆解,我想说的是,它们在形式上可供拆解的缝隙更大。长篇小说在帕慕克的手里,不再像巴尔扎克、普鲁斯特、卡夫卡、福克纳那样是一个浑然的整体,不再是环环紧密相扣的流动式,而是可以如此这般一段,如此那般又一段,然后按照相应的逻辑排列组合,相互之间的排异性降到了最低点。因为,他把小说中的世界和人物的必然性尽可能地降到了最低,把我们理解中的必然性转化成了众多可能的偶然性。在我的经验里,读帕慕克的小说,我常常忘记去追索某条故事的逻辑,也很少去寻找某种水到渠成的命运感。我觉得这些我不需要。

小说在帕慕克手里真正成了魔方,具备了无限的可能性。

在这个意义上,把他看成一个后现代作家肯定没有问题。但他又全然不是巴塞尔姆、托马斯·品钦式的后现代作家,他的小说意蕴整体上呈现的却是相当古典那一脉。你可以在每一段叙述后面都看见普鲁斯特精致、敏感和纤弱的影子。

在当下的世界文学里,可能没有哪个作家胆敢如此明目张胆地继承普鲁斯特的遗风。这是一个蜗牛都打算装上四个轮子的时代,我们的阅读慢不下来。我们要闪电般快速推进的情节,对信息量的胃口前所未有地强悍,谁会去读普鲁斯特的慢呢?谁又敢像普鲁斯特那样慢呢?现在的问题是,帕慕克敢,而我很喜欢读。我相信还有很多人都像当年热衷普鲁斯特那样热衷帕慕克。原因?我想试着总结一下:

1.对一个我这样的写作者,帕慕克是一个"方法论式"的作家,可以清楚地看见一部小说的生产流程:帕慕克可以为文学祛魅;

2.帕慕克是一个风格鲜明的作家,逆潮流而动,在今天顽强地重申了从容、优雅、细节和慢,召回了我们被现代社会强行解除掉的那一部分古典的文学想象;

3.土耳其、伊斯坦布尔古老的诱惑和帕慕克本人的现代感:亚欧分界线上的忧伤、徘徊和焦虑;

4.这是一个用数学的方式来做文学的天真而又乖张的作家;

5.这是值得信赖的好作家。

一部值得张扬的伟大小说

一

一九八一年，加西亚·马尔克斯发表了新作《一桩事先张扬的凶杀案》。小说一经推出，就引起了西班牙语文学界的一场地震。第一，这部小说是作家沉寂五年之后发表的第一部作品。一九七六年九月十一日，在智利军事政变三周年之际，作家为了抗议皮诺切特政府宣布了"文学罢工"，皮诺切特不倒台就不发表小说。五年的空白给读者造成了巨大的阅读期待。第二，一九八一年，传闻这位《百年孤独》的作者只要再发表一部新作，就将问鼎诺贝尔文学奖，这传闻本身就足以激动整个世界。第三，这本小说本身就引起了极大的争议，它能否与准诺奖得主的身份匹配，成了当务之急的问题。

和作家过去的优秀之作相比，这部新作没有获得一致的好评，而是各执其词，莫衷一是。褒扬者认为小说毫无疑问是部杰作,是作家五年来韬光养晦的结晶,它与马尔克斯过去的小说"长相"截然不同,而这恰恰证明了作家的非凡的创造力,它的特色是作家其他小说不可替代的,它的独特的存在也是不可忽略和抹杀的。批评者则认为,这小说完全是个非驴非马四不像的东西,甚至根本就不是小说,而是新闻报道,作家在这部作品里,一转身又回到了他的记者时代。这种批评理由看起来十分充分,小说采用的是新闻报道式的写法,用中国的文学概念来说,就是"报告文学"。缺乏体现小说特色的一些张扬的要素,虚构的痕迹、细节的渲染、矛盾的冲突、高潮的设置,这些小说必要的要素在这部小说中不同程度地被压抑乃至撤销了。同时,马尔克斯作为"魔幻现实主义"最重要的代表,这个小说里的魔幻特色难以为继。这些都让批评者很不高兴。

但是马尔克斯本人却说:"我最喜欢的是我的最近一本书,即《一桩事先张扬的凶杀案》"。

二

在解释原因的时候,马尔克斯说:"《一桩事先张扬的凶杀案》之所以是我的最好的作品,是因为我所希望写的东西百分之百地、准确无误地达到了。在我的其他作品中,我是被书中的人物和所要表达的主题牵着鼻子走的。然而在《一桩事先张扬的凶杀案》中,我一切都写得得心应手。"这就是说,这个小说首先对作家本人有重大的意义。它的意义在于:准确。

这个"准确",首先应该是叙事学意义上的准确。

小说在某种意义上来说是无理性的,作家对小说写作的控制常常是无力的,小说里的故事、人物常常会逃出作家的掌控,使得小说最终完全走向了构思的另一面。最为经典的例子大概要算《安娜·卡列尼娜》了,托尔斯泰自己都没料到,女主人公安娜在小说结束时,完全变成了另外一个人。当然,跟着小说走常常并非坏事,但是对一个作家来说,想表达和达到的无法实现,与初衷相悖甚远,也不是一件值得庆贺的事。作家需要精确地把握自己的作品,以便时时体会到创造者的乐趣和信心。这种准确对作家来说,不仅意味着诞生完美作品的可能性,更关系到作家对自身能力的自信和肯定。说到底,这个东西才是支撑作家坚持不懈地创作的最根本的动力。马尔克斯认为自己在《凶杀案》里达到了。他在一九八二年五月间发表的文学谈话录《番石榴飘香》中说:"在《一桩事先张扬的凶杀案》中,我着力发现和表述一系列几乎是无法用数字计算的大大小小的巧合事件。我描绘了那桩惨案应该是可以避免的,可同时我又设计了许许多多的巧合,使那件惨案得以发生。"

毫无疑问,作家在表达这个意思时是非常自豪的,他对自己像上帝一样精确地描述一场凶杀案感到满意。

正如作家所说,小说里充满了大大小小的巧合事件。一件十分简单的事,一场可以轻易就避免的凶杀案,在作家的操作下竟然如愿以偿地发生了。这种如愿以偿,来自作家对小说事件的每一个小角落的精确拿捏,稍稍错过一个关节或者拖延上一两分钟，小说就将前功尽弃。因为小说里充满了各种巧合事件，每一个巧合都足以让圣地亚哥·纳赛尔死而复生。这就是精确的意义所在。当然，这也成了批评者诟病这部小说的重要借口。因为小说过于精确，以致失之理性，失掉了小说本该有的丰富、饱满和无数的不确定性。就像一辆有条不紊的赛车，刚出发我们就知道它必将胜利抵达终点。过于明晰的目的和事实，导致了表面上的机械，限制了小说理解上的诸多可能性。事实也是如此，小说没有常规意义上的凶杀案的惊险，也没有明显的高潮，从头到尾波澜不惊，没有小说家通常热衷的曲折离奇的生发，所以很多人更愿意把它称为一个长篇的纪实报道。

但是，这种诟病恰恰是作家的用力所在，也是匠心独运的表现。马尔克斯从开篇就对传统的侦探小说进行了解构，第一句话明确地交代了主人公的被杀。紧接着在第一节里，就把整个凶杀事件简单扼要地介绍出来，涉及的重要人物也几乎都在第一节里出了场。这种写法显然犯了侦探小说的大忌，即使是一般的小说，也没有胆量这么写。马尔克斯这样写了。他的目光不在最可能出彩的"凶杀案"上，而是在"事先张扬"这四个字上。他打算在这几个字上把文章做大。抛弃悬念和峰回路转的故事情节就已经是冒了大险了，再把精力放到"事先张扬"这种吃力不讨好的经营上，足见其气魄之大。他靠着控制一个个平淡无奇的巧合、丝丝入扣的精确安排制造了逻辑上的张力，终于于无声处响起了惊雷，这种化腐朽为神奇的能力，将马尔克斯的大手笔表现无遗。这里,我们发现,除了作家叙事才能的精确外,小说在内容上也体现了极大的精确性,这种精确保证了圣地亚哥·纳赛尔分秒不差地被安赫拉·维卡略的两个哥哥像猪一样地杀死。

小说在叙事学上的另外一个意义是,马尔克斯提供了一种现代小说的重要结构形式,即环形结构。且看小说的开头和结尾:

开头第一句:"圣地亚哥·纳赛尔在被杀的那天,清晨五点半就起床了,因为主教将乘船到来,他要前去迎候。"

结尾最后一句:"后来圣地亚哥·纳赛尔从那扇打六点钟起就开着的后门进了家,一下子扑倒在厨房里。"

第一句就交代圣地亚哥·纳赛尔的死。他在被杀死的早上五点半起床,然后出门,最后从外面回来时,在家门口被杀死。开头和结尾在中间漫长的调查和叙述之后,又紧密地衔接在一起,重新处在了一个不间断的故事发展的序列里。这看起来有点像传统的倒叙结构,事实上完全不是,传统的倒叙结构缺少一个首尾呼应的包容性,更不要说能够将首尾和谐紧密地联系在一起了。人们谈论马尔克斯的小说结构,往往热衷于《百年孤独》的经典性的开头:"多年以后,奥雷连诺上校站在行刑队面前,准会想起父亲带他去参观冰块的那个遥远的下午。"一致认为这句话搭建了整个小说框架,在时间的将来、现在和过去三个向度上结构了小说。这种分析十分精当。现在把这个开头和《一桩事先张扬的凶杀案》的开头比较一下,可

以发现,后者的开头同样起到了结构整个小说的作用。后者的开头,时间是从两个向度上展开的:

现在:"被杀"。

过去:从"起床"去"迎候"主教开始。

而两者之间则是马尔克斯想要精雕细刻的部分,就是圣地亚哥·纳赛尔是如何从出门迎候主教直至被杀。整个时间是从现在出发,走向过去,再从过去一直走向现在,直到与现在重合。这种结构的方式显然有别于传统的简单的倒叙手法。它像一个圆圈,转了一圈又回到开始。"现在"与"现在"之间,作家通过纪实,在很多人的眼睛和回忆里再现了这桩事先张扬的凶杀案。

这种类似封闭的结构,对于处理类似案件一类的小说是有效且科学的。既是案件,在结果上就只能有一个确定无疑的作案现场,作案的过程其实是一个封闭的、确定的过程,具有唯一性,封闭的叙述结构恰恰在形式上契合了这一要求。这也不能不说马尔克斯的这个环形结构设计得高妙。

三

在马尔克斯的小说里,《一桩事先张扬的凶杀案》无疑是个异数,最为显著的就是它不像小说。不像小说的原因,就在于这过于冷静的纪实报道笔法。马尔克斯曾就自己的叙述做过解释:"事物并非仅仅由于它是真实事物而像是真实的,还要凭借表现它的形式……必须像我外祖父母讲故事那样老老实实地讲述。也就是说，用一种无所畏惧的语调，用一种遇到任何情况、哪怕天塌下来也不改变的冷静态度。"这种说法适合作家的其他小说，作家强调冷静的叙述，但事实上这种冷静是有分寸的，并非不带任何感情色彩。到了《一桩事先张扬的凶杀案里》，马尔克斯几乎彻底地实现了他的冷静。讲述者"我"是圣地亚哥·纳赛尔的好朋友，但是在调查和讲述中，"我"一直是不动声色的，看不出一个朋友可能出现的感情倾向。这种近似于"零度叙述"的报道式的简洁行文，把这个小说和作家的其他小说区别了开来。

异数的原因之二，这部小说似乎很难置入作家的小说序列里和形成一个互文性的文本。马尔克斯向来以揭示"孤独"的主题见长，《百年孤独》里作为整体隐喻的拉丁美洲的孤独，《家长的没落》是种至高无上的权力的孤独，《没有人给他写信的上校》中被遗弃的老人的孤独，即便是纪实报道《一个海上遇难者的故事》，也浓墨重彩地刻画了一个人面临绝境求生的孤独。但是《一桩事先张扬的凶杀案》里，除了一桩丝丝入扣的凶杀案，我们还看到了什么？这大约也是很多人指责这部小说的重要论点。这种结论是否成立，需要对小说进行认真的解读。

一个完全可以避免的凶杀案，最终还是发生了，这其中就显出了巨大的荒诞意味。为什么人人都知道，却最终不能逃脱悲剧的结局？我以为，最根本的原因也许并非作家本人所说的那样，"许许多多的巧合，使那件惨案得以发生"，而是小说里的每一个人，每一个人骨子里所具有的深刻的孤独。这么说，其实就已经认定这部小说同样从属于作家的小说序列，可以在"孤独"的主题上与其他小说构成互文关系。

在阅读小说的时候，我一直有种模糊的感觉，就是小说里的人物之间总是处于游离的关系之中，所有人都自以为是，所有人都活在自己的身体里和周围，人与人之间隔了一层雾，使得相互不离也不即，一个人很难看清对方，更难到达对方。小说里所有的人物几乎都是孤立的形象，因为孤立而显得茫然无助，总也使不上力气。

圣地亚哥·纳赛尔古怪的梦境，一个人在林中飞翔。他在得到消息以后陷入了茫然和恐惧，竟没有想到要借助他人来避祸，而是孤身一人回家，被杀死在自家门前。他的母亲一向以释梦而著名，偏偏对自己儿子的梦无能为力。儿子死了以后若干年，她依然活在过去的时光里，孤立的一个人，仿佛在怀念儿子，却与儿子相隔迢遥。新娘子安赫拉·维卡略的孤独深植于心，莫名其妙地失去贞操，莫名其妙地嫁祸圣地亚哥·纳赛尔，又莫名其妙地在被休后坚持不懈地相思，拼命地寄出永远也不可能被阅读的情书。她自己都弄不明白她需要什么，整个人陷入了一场漫无边际的飘忽中。新郎巴亚多·圣·罗曼来到这个村子的理由简直不可思议，就是为了找一个姑娘结婚。他第一次见到安赫拉·维卡略就决定和她结婚。小说里这样写道：

"她的名字起得真好。"他说。

然后,他把头靠在摇椅的靠背上,重新闭上了眼睛。

"等我醒来时,"他嘱咐说,"请提醒我,我要和她结婚。"

这个寻觅了半生的将军的儿子就这样决定结婚了。然后因为在新婚之夜发现新娘子不是处女,立刻将她打发回家,自己借酒消愁,差点醉死。若干年后,他拎着满满一箱子的未曾开封的情书又找到了安赫拉·维卡略。他们迎来了一生的又一次相会的时刻,但谁也不知道他们能维持多久。

最受孤独折磨的大约要数安赫拉·维卡略的两个复仇的哥哥了。他们一直在张扬即将到来的凶杀,原因很简单,他们并非真正想杀掉圣地亚哥·纳赛尔,而是想借此来表明一下维卡略一家的立场,减轻妹妹被休带来的耻辱。他们多么希望能够有人出面做实质性的阻止,可是他们最终失望了。没有人理解他们的孤独,进行有效的阻止。所以他们越发恐惧,只好相互鼓励,甚至通过嘲笑对方来获得战胜孤独和恐惧的力量。当他们骑虎难下,不得不把屠刀刺向圣地亚哥·纳赛尔的时候,同样是孤独感激发了他们的疯狂。而当他们举起屠刀的时候,他们内心的孤独一定是有生以来最为巨大的,除了把刀子送出去,别无解决的方法。

即使小说中最能温暖人心的人物,老板娘克罗迪尔德·阿尔门塔、"我"的母亲和妓女马利亚·阿莱汉德里娜·塞万提斯,也不可避免地深陷孤独不能自拔。老板娘希望别人能够阻止维卡略家的兄弟俩,但是没有人真正把她的提醒当回事，而她自己却又不得不局限在她的小店里。也许她已经看到了结果，却没法帮上一把，一个人内心的孤独感让她忘记还可以把店门锁上全力以赴地帮助另外一个人。"我"的母亲路易莎·圣地亚加向来是村子里消息最为灵通的人，然而那天早上却意外地失聪了，当她得到消息时，凶杀已经结束了。妓女马利亚·阿莱汉德里娜·塞万提斯只能是作为一个妓女，茫然地接收外面世界的消息，她的能力仅限于给那些她喜欢和不喜欢的男人提供温暖的身体，然后一个人坐在大床上悲伤，为死去的情人流一把泪。她们的孤独在于，这些深居简出的女人永远不能有效地和外界发生关系，她们的任务就是等待，像安赫拉·维卡略等待被休一样，等待着房子之外的世界送给她们该承受的东西，当她们企图把手伸向窗外时，世界已经变了，她们依然无能为力。

四

关于这部小说的争论当然还会层出不穷，关于它的解读也会更加深入乃至花样百出。我以为，不论如何解读，都不能改变这是一部伟大的小说的事实，它的意义将在众多的有效解读中更充分地显现出来，这些解读将会使它更加接近它的艺术真实，使它更贴近文学、人和世界。在一九八一年的争论之后，第二年，加西亚·马尔克斯果然被授予了诺贝尔文学奖，这本身也应该说明，作为马尔克斯的小说之一，《一桩事先张扬的凶杀案》是无愧于这一奖项的。

当道德遭遇尊严
——《生死朗读》

我想再重复一次本书的序和书后赞词里的意思：这是一部优秀的小说，毫无疑问。这首先是一部好看的小说，一个十五岁的男孩与三十六岁的独身女人的恋情，他们像夫妻一样生活，年龄上的巨大差异让人想到畸恋和乱伦；然后女主人公一觉醒来消失不见，几年后，当男孩长大了，成了法律专业的大学生，研究案例时在法庭上重逢了昔日不辞而别的情人，此刻她成了被告，因为二战时当过法西斯集中营的女看守，接着是漫长而又怪异的审理，叫汉娜的女人被判处终身监禁；在汉娜失去自由的后半生里，米夏尔·白格，我们的男主人公一直没有去看她，他在自己的生活轨道上前进，结婚、生女、离婚，其间不懈地为汉娜寄录音磁带，为她朗读各种书籍；十八年后，汉娜得以赦免，将要从监狱里自由地来到世界上时自杀了，白格只见到了情人苍老的尸体。

无论如何苛刻地看待故事，这部小说里的情节都应该是令人兴致高昂的。相距二十一岁的爱情，悬念一样的朗读与出走，法西斯的帮凶，向着自由的自杀，在不到十万字的篇幅里，紧锣密鼓地刺激着读者的兴奋点，作者走的是一条流行小说的路子。好看的故事并不等于好小说，甚至在某种程度上恰恰相反，过于好看的故事常常会阻碍小说通向经典；流行小说，充满暴力、色情内容的东西不可谓不好看，但它们最终只能摆在地摊上。上升一点说，这是全人类的要求——我们有时候还是希望看点有嚼头的东西。

——《生死朗读》做到了，用可口可乐的瓶子装上一壶老酒。这个比喻有点拙劣，因为好小说的形式和内容总是相辅相成的，是相互狐假虎威的关系，也是一人得道鸡犬升天的关系。好在我们的目的不在瓶子而在酒，一壶道德与尊严反应剧烈的老酒。道德和尊严大概是世界上最灵活的概念了，群体范围内的认同与个体一己的坚守，繁杂到了匪夷所思的地步。《生死朗读》就是在这个雷区里大做文章。

先说白格与汉娜的爱情。一个十五岁的未成年的男孩，一个三十六岁的独身女人，其关系已经很难用"忘年恋"这个中性的词汇来概括，年龄悬殊让我们想到了乱伦与不洁。他们的爱情显然走在了群体（社会）道德认同的圈子之外，尽管他们爱得春光骀荡舒展自如，依然不敢大白于天下，二十多年里他们背着别人保守着这种隐秘的关系。但是他们是快乐的，在有限的爱情时光里互相得到了尊严。白格在汉娜的床上拔苗助长一般地成为男人，他感到了自己作为男人的力量，自信也随之拔地而起，他不再是一个因为疾病跟不上课程而不得不留级的学生，而是成绩噌噌噌地往上跑。打开了一扇性的门，也就打开了一扇得以瞭望世界的门，白格曾经沧海的自豪感让他在同龄人中间立刻变得游刃有余。如果十五岁的小家伙认真地考虑一下，他一定会发现，在电车售票员的床上他不仅找到了爱情，还捡回了尊严。汉娜，前集中营的女看守，在情人年轻的怀里同样得到了尊严。后面我们将会知道，为了躲避道义上的谴责，汉娜是多么不辞劳苦地迁徙，像枪口下的兔子一样把家从一个地方搬到另一个地方，多年来的动荡和飘转一点一点地消耗掉作为正常人的尊严，她希望感受到别人的爱，以此获得稳定感，她当然希望通过正常人的爱情和生活进入一个公共的空间。白格这个痴情的小浪子给了她爱情，而且兴致勃勃地为她朗读。这种听觉化的阅读让她得到了文明和知识的尊严，和在集中营里从一个个年轻病弱的姑娘的声音里得到的相同。而这种尊严在当年西门子公司打算提升她时，就有了丧失的危险；多年以后，当有轨电车公司准备培训她做司机时，也意味着它的丧失，所以汉娜要离开，为了尊严再次离开。

更大冲突来自几年以后。当汉娜站在被告席上时，此时的法庭上方代表正义的已经不是法律，而是道德。道德要求所有与法西斯有染的罪孽都低下头去。这个道德是群体的道德、公众的道德、社会的道德、看得见的道德。这种貌似正大的道德，常常最可能经由烦琐的机制之手翻覆而成最大的不道德。小说里说：许多老纳粹分子在法院，在管理部门或在大学里步步高升；联邦德国不承认以色列；流亡和抵抗的故事流传开来的少，而由于适应变化了的情况而活命的故事居多……法庭和公众要求集中营的女看守们坦白服法，对汉娜的审问尤其严厉。如果不是法西斯的忠实信徒，放弃西门子公司的职务提升而甘愿做集中营的看守，那无疑就是一个古怪的逻辑。汉娜没有说出自己选择的理由，结论就很明显了：女法西斯，对待敌人才像秋风扫落叶一样绝不手软。道德出了问题，要用法律和正义来制裁你。接着落井下石者也来了，墙倒众人推，众前女看守把写报告的罪行一起栽到汉娜身上。这个可怜的女人，为了掩饰自己的文盲身份，竟然承认了。

　　法庭里上演的这出戏中，道德与尊严的冲突的第一个高潮此刻已经来到。一切外在的迹象都已表明，汉娜·史密芝女士无法摆脱道德的谴责，这种谴责将通过法律的形式来实施。为了守住自己的秘密，汉娜愿意服法。后半生，其实是一生，巨大的代价仅仅是为了守住一个秘密，掩盖自己的文盲身份，这在别人看来无疑是世界上最不划算的交易，但是汉娜认为它值，用一生的时光和一把高悬头顶的道德之剑换取一个人最为珍惜的尊严，值。她以为别人发现不了她的文盲身份她就守住了自己的尊严。她怀抱尊严两手空空地走向阴暗寂寥的后半生。在这个回合里很难说谁是赢家，公众的道德？汉娜的尊严？它们都去了它们该去的地方。

但是其中是否存在可以用价值大小来衡量的问题呢？

白格发现了情人的秘密之后，道德与尊严冲突的第二次高潮随之而来。白格开始怀疑，为了保住那点可笑的秘密而甘愿坐牢是否值得。他甚至将疑问上溯到汉娜放弃西门子公司的职务而甘愿当看守的那一天，她真的这么愚蠢、邪恶、爱虚荣，甚至为了避免暴露就去做罪犯？白格对此不能理解，在他看来，做一个文盲不会比做一个罪犯更丢脸，暴露自己是文盲也不会比暴露自己是个罪犯更可怕。但是，汉娜选择的是后者。

也许老白格说的有道理。白格茫然无措时不得不请教作为哲学家和教授的父亲。

哲学家："你还记得你小时候妈妈教你学好时你是如何大发雷霆的吗？把孩子放任到什么程度，这的的确确是个问题。这是个哲学问题，但是哲学不探讨孩子问题，哲学把孩子们交给了教育学，可孩子们在教育学那儿也没有受到很好的照顾。哲学把孩子们遗忘了。把他们永远忘记了，不是偶尔把他们忘记了，就像我偶尔把你们忘记了一样。"

儿子："但是？"

哲学家："但是在成人身上，我也绝对看不出有什么理由把别人认为对他们有好处的东西置于他们自己认为是好的东西之上。"

儿子："如果他们后来对此感到很幸福的话，这样做也不行吗？"

哲学家："我们谈论的不是幸福而是尊严和自由。当你还是个小孩子时就知道它们的区别了。你妈妈总是有理,这并没有让你从中得到安慰。"

请教的结果是,白格认同了父亲的观点,也即认同了汉娜的选择,入监狱而取尊严,尊严意味着某种个体的自由,正如老白格所说,不能把你所谓的"幸福"凌驾于他人的即便是当下的"尊严和自由"之上,因为"你妈妈总是有理,这并没有让你从中得到安慰"。但是白格并不能因此而解脱,他过不了的是自己的这一关。汉娜是他的情人,他是汉娜的文盲身份的唯一知情者,从理论上讲,他完全可以在一定程度上把她从可怕的牢狱之灾中解救出来。而做还是不做,当白格面临哈姆雷特式选择时,他所面对的煎熬只在他和汉娜两个人之间成立了:汉娜一直坚守的尊严和他的道德指令。白格的道德告诉他,不能眼睁睁地看着汉娜蒙冤入狱,不能歪曲事实见死不救,不应该放弃最后的辩解和解脱的机会。也许失掉了眼下珍惜的尊严会很不容易,但以后的幸福生活会把这些痛苦一一消磨,乃至消失不见,生活的道路如此漫长,什么事情都可能发生。不过,这只是可能性之一,现在不可避免的是他的道德与汉娜尊严的冲突,此冲突在于,他的道德所要求的正是对汉娜多年以来珍视的尊严的瓦解,这种瓦解意味着取消汉娜作为个体的自由、安妥她内心的自由。

白格试图努力,服从自身道德的安排,但最后还是放弃了,也许是因为汉娜面对牢狱所表现出来的尊严过于强大,他不忍摧毁她灵魂世界里的擎天巨柱。对汉娜来说,在牢房里守着尊严她能活下去,而让她抛弃那个尊严无所依傍,她一定活不下去,即使生活中到处都是广阔的天地,都是阳光明媚和鸟语花香。又一次的战斗中,道德让位给尊严。

道德是个什么东西?尊严是个什么东西?说了这么多,也仅仅是理论一点地就事论事,没法说清楚,因为道德和尊严本身就是一团糊涂酱。什么样的道德算是道德?谁的尊严才叫尊严?哪一种道德和尊严能够代表绝对的真理和正义来宣判?没有。然而说不清楚也得说,说不清楚更得说,越读越写越发现,这是关于我们自己的事,是人类共同的事。当一个人有所坚持,一群人有所坚持,他们的专注不能不令我们动容。而能用一个好看的故事把这样一群人全写出来,也要好好感谢一番,所以要向本书作者本哈德·施林克致敬,这个我陌生的德国人讲了一个让我说不清楚的好故事。

那些梗着的脖子
——读艾伟的小说集《水上的声音》

艾伟的小说跟别人的不一样，我第一次读到时，就把他和别的作家区别开来了。那个名叫《杀人者王肯》的短篇小说，我至今不能忘记。有一段时间我常想起王肯，想他一遍遍地强调他杀了人，想王肯的朋友一遍遍地不愿相信，他们就这么执拗地对着干，直到一把刀将一只手掌钉在了桌上。他们为什么这么固执己见，我不是很感兴趣，我感兴趣的是，他们就这么干了。你说你的，我说我的，他们梗着脖子说，梗着脖子做自己的事，他们梗着脖子成为自己。那时候我想，这个艾伟，有点狠。

此后陆陆续续读到了艾伟的另外一些小说，中短篇、长篇，包括这本集子里的一些小说。看艾伟的小说越多，就越发强调了我对"梗着脖子"这个意象的感觉，当然这个意象其实有点抽象。但我的确是看见了，看见了艾伟的小说里越来越多的梗着脖子的人，他们像一根根坚硬的树枝，固执地倾斜着向外生长，他们各自为政，即使是混在人群里，也要侧着身子，以便在最快的时间里抽身而出。不是他们不需要温情，而是他们太过自我，头脑太过清晰，连那些看起来稍微混沌的人，也把自己裹在单独的一个小世界里，像《回故乡之路》中的解放，宁愿睡在一个巨大的弹壳里。解放觉得温暖、心安，但是我们，这些读者，却是感到了黑暗和冰冷。一个人梗着脖子我可以不管，一群人都梗着脖子，就变得意味深长了。说不清从艾伟的哪一篇小说起，我开始关心他为什么让人物都梗着坚硬的脖子生活了。

先说最让我身上发冷的几篇小说，《杀人者王肯》《回故乡之路》《小姐们》和《小卖店》，我喜欢它们。这些小说里不仅闪烁着艾伟手术刀般精妙的寒光，而且我看到了艾伟强硬的手腕以及他对这个世界巨大的冷眼和质疑。

艾伟的强硬手腕建立在他的精妙的叙事技艺上。让一个人硬着头皮走下去不回头，而且走得自然顺畅不逾矩，对一个作家来说，是需要相当的叙述能力的，艾伟做到了。做得最好的，我以为是《杀人者王肯》。在这篇小说里，艾伟叙述极其自信，轻而易举地就将我们的疑问悬置起来，逻辑在这里是不能成为问题的，否则故事就没法讲了。大概就是出于这个原因，几年前我第一次读这篇小说时，逻辑和疑问对我没有构成问题。

现在回过头说他强硬的手腕。在我的阅读视野里，艾伟应该是比较"狠"的作家，几乎在他所有的小说里，他都像当年马尔克斯控制《一桩事先张扬的凶杀案》的结构那样，精确地控制着人物的命运。他给人物指明不同的途路，让他们各自循着自己的"回故乡之路"向前走，不许走岔路，而且各条路之间没有交叉和妥协，他的人物像他一样顽固。几乎所有的路都是绝望之路，越走越黑。当黑暗至沉重和冰冷，世界的荒诞感就出现了。这才是艾伟想到达的地方，强硬的手腕反身成为一条条道路。也因为这个巨大的荒诞感总能如约守在路头，艾伟的强硬在本质上成为一种智慧和深刻的洞察力。它们相互需要，然后成为艾伟式的语境下合理的故事逻辑。这大约也是艾伟努力的方向，向卡夫卡和卡尔维诺致敬，像他们那样，在细部上做足文章，为整体上的荒诞和寓言建立合理的尘世的逻辑。

这样说好像有点玄，因为艾伟的人物都是从活生生的生活出发，区别只在于，当他们开始第一个回合的生活时，已经踏上了一条吊诡的路，甚至在迈出脚步之前，已经先验地规定了他们的命运。只好路越走越远越无力回头，索性就艰险诡异地一路狂奔。王肯，解放，兆曼、兆娟、兆根、兆军和他们的母亲，小蓝，他们根子上的问题决定了他们不能自拔。当所有人都无力自拔的时候，人的灵魂、命运和现实生活之间形成了悖论，这悖论里堆积出的荒诞感，使艾伟的小说开始接近寓言。

在意蕴上如此尖利地冲撞的小说，显然源于艾伟对这个世界的冷眼和质疑。质疑是艾伟的一贯姿态,有他的黑框眼镜做证;冷眼不是他心中无爱,而是对这么个充满悖论和荒诞的世界他笑不起来。此外,毫无疑问,这样的小说和艾伟对形而上的顽固兴趣有关,他坚持要用存在照亮自己生活里的经验,然后,就照亮了。

之所以在阅读艾伟的小说时感觉到身上发冷,我以为有两个原因:一是艾伟就不愿意给你点体温,他就是要你冷,并且成功地实现了;二是我觉得是小说的线绷得太紧,人物的脖子就那么一直梗下去,硬邦邦的,它们不回旋,不通融,显得冷且硬。在这个意义上,我明白了为什么喜欢《乡村电影》的结尾了。在小说结尾里,我不仅看到了梗着脖子的滕松泪流满面,而且看到了梗着脖子的守仁也泣不成声。我一下子感到了小说的柔软和弹性的力量,结结实实地打倒了我,也就是说,当那些梗着的脖子偶尔软下来时,小说也许会更坚硬。

拉美文学的遗产

拉美文学和美国文学、俄罗斯文学一道，成为中国当代文学最重要的源头活水，这大概是没有什么疑问的。尤其是拉美和美国文学，被当代很多作家视为"狼奶"，哺育了二十世纪六七十年代出生的，乃至五十年代出生的一两代作家。继马尔克斯获得一九八二年的诺贝尔文学奖后，中国文坛也跟着狠狠地"魔幻"了一把，学着别人的腔说话，张嘴就是"很多年以后"。

这也没什么，见贤思齐是应该的。事实上，拉美文学的确为新时期的文学打了一针兴奋剂，同时让中国作家学会了"开眼看世界"。马尔克斯、博尔赫斯、富恩特斯、略萨、阿斯图里亚斯、科塔萨尔、鲁尔福、亚马多，包括"穿裙子的马尔克斯"伊莎贝尔·阿连德，一群牛人，给中国作家指点了很多，从"怎么写"到"写什么"。中国作家对这个拉美文学的梦之队产生了极大的好感，不唯是他们的技巧新鲜可爱，我们发现他们的世界跟中国也是何其相似乃尔。这对中国作家开垦新时期文学的处女地提供了样板。

先是"寻根",接着"先锋"。"寻根"和"先锋"无疑意义重大,一个让我们找到了返回和重新认识本土资源的信心,另一个解放了作家的大脑和手里的笔。但站在另一个角度和高度来看,不难发现,因为盲目接受了拉美的遗产,也给当代文学带来了一些曲折和不良的后遗症。很多当年被纳入"寻根"范畴的作品,都多少变得有点神神道道,好像非魔幻就不能挖出本土文化的根。该魔幻的咱们去魔幻,不该魔幻的咱们不能一味地说鬼话。这个风气余韵悠长,据说很多作家写不下去了,还到《搜神记》一类的民族精华里去找灵感,写出偏怪险的东西来,以此证明自己还有无限的创造力。

在"先锋"小说和"后先锋"小说中,作家们在"很多年以后……将会……"的句式里学会了偷懒,随心所欲地安插和嫁接故事,甚至于完全无视小说里世事的逻辑。在这种颇含宿命意味的表述中,作家的轻率可想而知,作品的轻飘也可想而知。

要说形式上,中国作家学习拉美真的都挺像的,但是作品内在的东西学到多少,怕是学习拉美的行家也不敢随便吹嘘。拉美为什么会出现这些堪称"爆炸"的作品,这些作品与整个拉美有什么关系,作品如何与拉美发生关系,如何与世界发生关系,拉美的作家如何面对这个世界,这些问题大约一直是我们所忽略和轻视的。

我以为拉美文学整体上是对社会、对拉美、对整个世界介入的，作家保持着坚定的直面的姿态。这种介入并非只与政治有关，同样与人类的心灵世界息息相关。马尔克斯关注"拉丁美洲的孤独"，略萨参选秘鲁总统，还有更多的作家为了正义和良心挺身而出。真正把自己和脚下的土地与人民连在一起的作家，大概才会写出真正具有民族气质但又能抵达整个世界的作品。这样的作品通常、大约也只能是沉重且厚实的，质地绵密，它们不轻飘，看到它们就能看到拉丁美洲的背影。

这是我们很多作家缺乏的。大家关注的只是形式，忽略了内容，忽略了作家和作品、作品与世界、作家与世界的关系。拉美的大作家很少是书斋里的作家，他们要对整个世界和人的心灵发言，他们要站出来，不仅以作家的身份，还以一个有机的知识分子的身份。他们的作品体现了作家本人积极地面对世界的一种方式，正因为此，我们才在他们的作品里看到了拉美的土地和人。这也是中国的作家应该继承的重要遗产。

她让尘埃都落定
——戈鲁《快乐老家》

在看到戈鲁的文字之前,我已经看了很久她的画。十幅,在我的新书《天上人间》中,作为插图,这十幅画给我的小说增色不少。看到这些画时,我问臧长风兄是谁画的?他只说,一个画家,叫戈鲁。男女都没说,我也没继续问。

欣赏画没必要提前知道画家的性别,我可以从画里看人。那些画稚拙、朴实,有种宁和简单的美,适合安静的时候慢慢看,但画家戈鲁却上了浓墨重彩,颜色泼辣,所以稚拙的人物大红大绿,一点都不忌讳。照理说线条和色彩有些犯冲,但在戈鲁的画里天然地调和,像北方乡村走过来的姑娘,穿花红柳绿的大棉袄让你感觉说不出地可爱和舒服,而且一点不显土。姑娘们娴静、单纯又活泼,又有点传说中的印象派。我就想,戈鲁是个天真年轻的女孩子,热爱生活,底子是沉静的。

看完了戈鲁的散文集《快乐老家》，我发现我猜对了一大半，这的确是个女画家，比我们都热爱生活，在沉静的生活底色上暗暗地涌动着让我羡慕不已的激情，对文学，对艺术，对时光和爱，"一头扎进艺术家的泥坑再也不想出来"，"像猪在泥潭中打滚"，"其乐无穷"，"常人无法理解"。引号中的文字出自书的前勒口的作者简介，我想这是戈鲁的自我解嘲。只这段文字足可以看见这个女画家有着一股怎样的劲儿。

剩下的一小半我猜错了。从前勒口简介上方的照片看，戈鲁正在画画，她没我想象的那么年轻。这就对了，读完这本集子，我确信正在创作的女画家不可能如我想象的那般年轻——有多少人能在年纪轻轻时写下如此质朴沉静的文字？这一篇篇长短不一的散文如同一片片悠远的旧时光。且不说她修辞的技巧，单就那面对回忆和世界时的目光和心境，即非不惑之下所能够修炼出来的。从容淡定嵌在文字的骨头里，写下第一行就让我们知道了这是一个什么样的写作者，她慢悠悠地向我们讲述"那过去的故事"，疯妈，地主，瞎了眼的杨爷爷，老师，妹妹，亲妈和后妈，父亲，讲科尔沁草原和红光向阳院，讲"吃人"的厕所和蒙古包——作为写作者的戈鲁是素朴的、节制的，哀而不伤，欢欣但绝不亢奋。她的矜持与平和不是熟知艺术套路者打扮出来的，而是清水出芙蓉。

因为她忠直地说出了自己的回忆，因为修辞立其诚，所以胆敢素面朝天。而这素面朝天的本色，乃是为人和为文的大境界。

戈鲁回忆的速度几乎等同于时光的速度,如同她讲述的故事里一切尘埃都已落定,她的讲述本身也尘埃落定。所有的矫饰皆已排除,干净、纯粹地现出旧人和旧事物,她决意带我们回到被"今天"过滤之后的历史现场——琐碎的、一个人的"快乐老家"。

如此,我也明白了作为画家的戈鲁为什么能画出我小说中的那些贴合人物内心的画了,因为文如其人,因为画如其人。

/ 演讲篇 /

中国文学的世界之路

这些年,不管因为政治原因、经济原因、文化原因,还是仅仅是喜欢吃中国饭菜,的确是越来越多的人了解中国了;但了解中国文学的人依然很少。进美国和欧洲的一些书店,我总要顺便看一下有多少中国文学书。看到的结果是,三五本而已。而在北京的很多书店里,外国文学专柜极其富有,美国文学一溜大书架,法国文学一溜大书架,德国文学一溜大书架。看着形势十分喜人。

去年我在奥马哈的克瑞顿大学驻校写作,和喜欢中文的学生有些交流。他们很兴奋地对我说,中国文学我知道啊,老子、孔子、李白、杜甫!了解得多一点儿的学生说,我知道曹雪芹,但我看不懂《红楼梦》,为什么林黛玉喜欢贾宝玉不直接告诉他呢?不好意思挑明写封信也可以啊,她只是整天哭哭啼啼最后把自己哭死了。搞不明白。

老子和孔子是两千多年前的人,那时候他们的文章还写在竹简上；李白和杜甫是一千多年前的人，正值中国的唐朝，像杜甫这样的穷诗人出远门没车坐没马骑，只能骑小毛驴；曹雪芹最年轻，生长在中国的清朝，也在两百多年前就死了。我又问，能不能说个更年轻点的？最好是还活着的。一个学生说，我知道，张艺谋！我说，谢谢你，张艺谋是个导演，我还没听说他已经改了行。

我不敢说这就是目前中国文学在世界范围内被接受的现状——最好不是。但至少说明一个问题：这个世界对中国文学了解得并不多，远远少于对"文革"、西藏、中国功夫、女人的小脚、四川火锅和麻婆豆腐的了解——这些方面的书我在书店里看到不少。前两天从芝加哥回来，印度尼西亚的作家兄弟说，我从背影看像武打电影明星Jet Li（李连杰）；其实我希望他说，从背影看，我像中国作家鲁迅，或者随便哪个作家谁谁谁。

导致中国文学的世界影响比较小的原因很复杂，在这十来分钟里很难说清楚。过于艰深复杂的原因我也没能力说清楚，所以我就挑点简单的讲。

比如说，汉语和汉语的文学表达有它的独特性。

我想大家见过的最多的汉字可能是这三个：中、道、和。因为这三个字是我在中国之外见到的最多的三个。国外的朋友在谈及"道"字时，经常向我做出一个"闻鸡起舞"的姿势，不知道什么原因，可能是想到了"功夫皇帝"李小龙（Bruce Lee）。二〇〇八年奥运会的开幕式上，张艺谋用了一个"和"

字。大概一千年前,北宋的一个印刷工人毕昇发明了活字印刷术,如果你看了那个开幕式,就会发现总有一个"和"字以不同的写法在众多字模里出入,的确很像"活着"的字。

汉字的结构是闭合的,每个字都像一座建筑。在汉字的构成里,以会意为主,不像英语、法语、德语、俄语等是表音的文字。汉字既不好念,也不好懂,不知道这个字的来龙去脉很难把它弄清楚。艾奥瓦大学的唐教授说,如果你学一年英语、法语或者韩语,你可能会知道很多事,但你学了一年的汉语,到中国你可能连厕所在哪儿都问不出来。

我希望这不是夸张。因为懂汉语的外国人相对较少,对汉语文学的翻译传播就少;因为汉语与其他语言的不同,不同源,发音规则和语法规则相去甚远,也给中国的作家在学习外语上造成了很大的障碍。有的汉学家就认为,中国文学不能迅速提升,原因在于中国的作家大多不懂外语,没法和别人交流,所以主要就是在国内自己玩。幸好中国人多,大家再不读书也有一大堆读者,自己跟自己玩也玩得起来。

当然,即使翻译了,因为汉语的文学表达有它的独特性,未必就能很好地传达出来,也未必能很好地被别人接受。比如说,同为中国古典文学的四大名著,《西游记》在世界范围内的接受面就是比《红楼梦》广很多。因为《西游记》里的故事很好看,又是猴子又是妖怪,腾云驾雾打打杀杀,你能看到故事基本上就能看懂小说;而《红楼梦》更含蓄,在表达中国人的性格、情感以及世界观时更隐秘和曲折,每个人每件事都写得曲里拐弯。

曹雪芹的表达更贴合中国人的精神和情感气质，他把最深入的"中国性"给挖出来了，也更贴合汉语的表意的特质。但是，它就是难以理解，为什么林妹妹宁可把自己搞成个忧郁症患者然后得了肺病死掉，也不肯说一句"我爱你"？因为在中国，在那个时候，一个小姑娘就根本不可能说什么"我爱你"。如果林黛玉上来就说"我爱你"，那一定是不真实的，曹雪芹也一定会因为背叛汉语和背叛中国人的内心而羞愧和不安。

当然，这并不意味着中国文学无法与世界沟通，因为文学说到底是人学，所有人，不管你住在地球的哪个角落，"人"之为"人"的那些东西是共通的。我们可以通过这些通约的东西达成理解与共识，通过这样的文学去相互理解和响应，像现在这样大家安安静静地坐在一起。这也正是目前中国当代文学一直在焦虑的，如何在"文学的意义"上让中国文学走向世界。 我所谓的"文学的意义"，是指在"文学性"的范畴里来呈现我们的文学，而不是在简单的政治学、社会学乃至更庸俗的猎奇、曝料的意义上展示我们的文学。它们被世界阅读以后，获得的首先不是别的什么东西，而是艺术和思想的尊严。

与此同时，并不是说，中国文学有它的独特性，就要抱着自己的那个传统不管好赖死活不放。独特性需要坚守，世界文学好的东西也得"拿来主义"，来开阔、补济、修正和完善自己。事实上，中国当代文学的问题很大，需要所有作家去警醒和反思。比如说,德国的一个汉学家顾彬教授,除了批评中国作家外语不行以外,还有一个重要观点,就是中国作家,指的是小说家,过于看重讲故事,讲起来没完没了,把故事背后更重要的东西给忘了。我深以为然。

讲故事是中国小说的伟大传统,故事的确十分重要;中国历史五千年来跌宕起伏,一直就没消停过,地方又大,只要你的眼睛足够亮,随处可以找到不算难看的故事,这点资源优势也惯坏了作家,懒得干别的了;但好故事并不能成就好小说,对小说来说,的确有比讲故事更重要的事情在。

很多中国作家也已经意识到了这个问题,而且的确有一批非常优秀的作家写出了一批非常优秀的作品,放在世界文学的台面上,我也觉得足可以引以为骄傲。但这条路依然漫长,中国有句老话,叫"艺无涯",还有一句大白话,叫"没有最好,只有更好"。盯着世界文学的灯塔赶路,还得继续往前跑。

希望若干年后,我,或者别的中国作家,再向非汉语读者朋友介绍中国文学时,不必这么粗疏、简单地概论,而是可以具体而微,随便提起一个好作家或者一部好作品时,大家都能在瞬间就有所会心。

不忘初心,一意孤行

——在北大中文系二〇一五年毕业典礼上的发言

如果不是站在这里,通常这个时候,我也会出没在北大的某个别的地方。二〇〇五年硕士毕业之后,我突然开始喜欢毕业季,一到这时候就迫不及待地往校园里跑,看大家把学位帽往天上抛。我分析了原因,开始以为是我抛的学位帽太少,不过瘾,只好看别人扔——我的确羡慕有很多学位帽可抛的人,所以,先要祝贺各位刚刚或马上要抛帽子的师弟师妹,祝贺你们以这个华丽丽的动作开启了人生的新篇章。也请你们务必珍惜这段美好的时光,很多年后你们一定会发现,有帽可抛是一件多么幸福的事。后来我又想,没帽可抛固然是我的一大遗憾,更深层的原因可能是,我希望在大家抛帽的那种纯粹、欢乐的状态中重温我当年即将离开北大时的状态。那个时候我和大家一样,面对这个世界浑身有使不完的劲儿,我确信,给我一根没那么长的杠杆，我也可以把地球撬起来。这种确信，不是因为我有多少才华和能力，而是因为，我有所信、有所执。这个信和执，是对文学的信和执，是对艺术、思想、美和担当的信和执，也是对一种纯粹的、干净的生活的信和执。我的信和执如此纯粹、饱满和无辜，我以为它们坚不可摧，无往而不利；我以为即将进入的那个浑浊的、复杂的传说中的世界，也会像红海看见了摩西带领的以色列人一样，自动敞开一条道路。

听到这个源于《圣经》的比喻，大家就明白，这个世界远比红海的波涛诡谲和凶险。它不会一巴掌把你拍死，而是以各种书本上学不到的古怪的逻辑和障碍来缠绕你、混淆你、搅拌你、阻挡你；它以各种旁逸斜出的知识和光怪陆离的经验来诱导你和篡改你，它所使用的完全不是未名湖的、五院的、李兆基人文学苑的逻辑，它自成体系，让你误以为那是根正苗红的生存哲学和智慧；它时刻在向你高蹈的信与执挑衅，直到你像文火加热的水中之蛙，被一寸寸篡改直至臣服和认同。然后，某一天你回头，发现百炼钢早化作了绕指柔。即使你只是一个文人。

必须承认，这漫长的十年里，我每天都面临着被篡改的危险。我完全没有当初想象的那么强大。你慢慢就学会了折中、妥协和沉默，慢慢就习惯了绕着圈子走，慢慢就被磨圆了棱角，慢慢就会发觉，你手持北大牌的知识行走在这个世界上，经常要恍惚和分裂，因为它们分属不同的检验真理的标准。有时候，你在镜子里都能看见自己那张捉襟见肘的脸。

不是我一个人在面对这般撕扯。有一天我和大学同学聚会，每个人都牢骚满腹，原来我们在经历同一种处境。我们都发现我们正离某个美好的东西越来越远，那个东西说得冠冕堂皇点就是理想，说得个人点，就是毕业时的初心，就是我们当年抛帽时所持有的纯粹、饱满的信与执。我们浑身充满的那些使不完的力气去哪里了？

所以，十年来我不停地往北大跑。毕业后搬了好几次家，都在围着北大转圈，我都要确保步行十五分钟就能到北大。每一个毕业季，我都会出现在某个抛帽的现场，远远地看年轻的师弟师妹们往天上抛送他们的学位帽。我需要通过这样的场景来确证我们的初心，警醒自己持守住内心的方寸。

基于此，我花了六年时间去写一部长篇《耶路撒冷》。我不是要讲一个好看的故事，我也无意于去图状一个宏大的时代，我的初衷很简单：因为被篡改的惶恐，因为焦虑、纠结，因为心有不舍和不甘。我想知道，一旦有了觉醒的契机，我们还能否从这个摸爬滚打惯了的红尘中立马站直了，往回走，一直走到当年我们抛帽的地方，走到我们人生抛帽的地方。

我几乎是以作论文的方式去写这部小说，我想论证我们还有能力回到各位师弟师妹们刚刚或者即将离开的地方。幸运的是，我论证出来了：我们可以回去。这也是我还对自己、对我们这一代人抱有希望的原因。

非常抱歉，把庆典的欢乐气氛弄得变味了，我真不是来砸场子的，也不是来危言耸听的。我只是提醒师弟师妹们注意，知己知彼，守住了，你的内心就可以永远是方的。而不是像我这样，每年都出现在别人的抛帽仪式上，像个总也毕不了业的留级生。

　　来之前，金锐老师在电话里说，作为一个从事写作的老同志，我最好能谈谈"成功"的经验。这是个相当专业的话题。以我对写作这个行当的理解，"成功"就是不停地犯错误：敢犯错误，会犯错误，一意孤行地犯错误。北大中文系肯定是全世界最能教给我们何为"正确"文学的地方之一，但是世界上最"正确"的文学肯定不止这些，因为还有无穷无尽的"正确"文学有待诞生。它们诞生的唯一途径就是犯错误——冒犯常规，看见别人没看见、看不见的，写出别人没写出、写不出的。当然，前提是修辞立其诚，要走心，你的确看见了，你的确想说出来。只要真诚、坦荡，文学可以一意孤行，文学也必须一意孤行。不唯文学如此，一个中文系的毕业生所能从事的所有职业，大概都需要一意孤行。走自己的路，让别人在一边看吧，欧阳锋倒练九阴真经都练成了。

　　如果说一意孤行就是我的"成功"经验，那我得再次抱歉，北大中文系最不缺的就是一意孤行。但在师弟师妹毕业之际，我还是愿意把这四个字单拎出来说，如同"不忘初心"，一意孤行到了校外同样不是件容易事，即使仅限于专业。世界从来没有如此复杂，牵一发而动全身。

　　再次向各位师弟师妹表示衷心的祝贺，也向中文系所有的老师致以最真诚的敬意和感谢，是你们为我们一茬茬的学生在精神上接通了北大的血脉。

历史、乌托邦和文学新人
——华语文学传媒大奖受奖词

很高兴能以"最具潜力新人"的身份站在这里,和五位文学前辈与同行一起分享本届"华语文学传媒盛典"的荣光。"新人"是个美好的称谓,它意味着一切才刚刚开始,意味着一张白纸好画画,意味着天大地大里有无限的可能。它是射线和省略号,而我不喜欢线段和句号。

在过去的很多年里,我把文学混同于历史,原因是我更喜欢历史,我把文学当历史来读,借助一个个故事和细节回到遥远的现场。"想当年"的感觉让我迷恋。随着对历史和文学理解的深入,我逐渐明白虚构和建构之间暧昧的界限,于是我把历史当文学来读,毫无疑问,这也不会错。但是现在,当我用小说来表达自己与世界之关系,当我以这种表达为职业时,我越来越坚定的一个想法是:对一个作家来说,文学就是历史,历史也就是文学,只要其中穿插一个作为独特个体的"我"。他的独特,在于他有区别于众人的眼睛和耳朵,有区别于众人的大脑和心脏,也在于他有区别于众人的可以言说的嘴巴和敲键盘的手指头。

一个作家的写作,就是在呈现一部与他有关的"历史"。因为写作是回忆,正在发生的"当下",可能发生的"将来",都需要转化为"过去"才能进入小说。小说在本质上是一个完成的时态。

正是在这个意义上,《午夜之门》《苍声》《人间烟火》等小说,都与"历史"有关,不管写的是过去还是当下。比如《午夜之门》,其中的历史没有生卒年月,我不想让它有所指,我只要遥远的景观,灰黄的旧时光,我想看看已经被长久地单一化、模式化的想象损害的历史是否还有另外一种可能。所有的历史都是当代史,所以我还想看看,假如一个人像"我"一样穿过众说纷纭的历史,他的眼睛里、心中和口袋里会留下什么。我还好奇的是,如果这个人与众不同,那么,历史又会是一番怎样的景象。一个人穿过历史,历史因此带有个人的温度、身体的温度和精神的温度。一切历史也都是个人史。小说中的主人公木鱼,像枚钉子不停地往历史的木头里钻,要穿过暧昧的家庭伦理,穿过旧时的大家庭的分崩离析,穿过悬置了正义的战争和死亡,穿过流浪、爱情、友谊、精神的回归和一条浩浩荡荡流淌多年的河流。一个人能遇到的他遇到了,一个人不能遇到的他可能也遇到了。当这枚钉子终于钻出历史,他被磨得光滑明亮,也磨得迟钝、疲惫,伤痕累累。这一年他十八岁,想停在历史之外喘口气歇歇,但是不被允许,他像一颗被强行推上膛的子弹,重新作为一枚钉子钻进木头里。如同宿命,谁也逃不脱,进去也得进去,不进去也得进去。所以我就明白了,为什么所有的历史都是当代史,为什么一切历史都是个人史,为什么个人化、当代化的历史才是小说。它是一个作家对世界发表见解时拉出的一个纵深。

《午夜之门》和其他小说要说的,就是这个带有个人体温的历史,一个人的听说见闻,一个人的思想和发现,一个人的疑难和追问,一个人的绝望之望和无用之用。小说中人物的历史,说到底就是我的当下。我在当下想弄清楚的,经由他们带进时间深处去体验一番。历史和当下在这种文学的表达里达成了和解。

而历史和当下在我这里,共同与一个乌托邦有关。大约五百年前,托马斯·莫尔写了一本著名的《乌托邦》,从此乌托邦成了理想主义者遥望的天堂。那里应有尽有,只有好的,没有坏的。我的乌托邦不敢如此宏大,它只是我用文字建造出的一个和我有关的世界,也是我所经营的与我有关的"历史",存储我的生活、想象、虚构、质疑、批判和向往,承载我的趣味和思考。也许也应有尽有,但不会只有好的没有坏的,我的乌托邦不是桃花源。在我看来,往往坏的比好的意义更大。这个世界有无数的美好,已有定论,实在没必要再巴巴地继续跟上去附和,反倒是那些格格不入者,那些害群之马,需要文学去发现和矫正;以及这个世界上那些无从判定好坏的人和事,需要文学去寻找和阐释,去光大和斥责。我的文字触及者,都是我的内容和形式,因此,我的乌托邦有形也无形,既可能上穷碧落下黄泉,又可能四处茫茫皆不见。

一个有价值的、文学意义上的历史和乌托邦只能是个人的。刚开始写作的时候,我不知道我能写什么,或者说,我不知道还有什么东西不能写。我以为这个世界的任何角落我都能写,只要它来到我笔下。当真是年轻气盛,无知者无畏。后来才发现,一个人的写作其实应该是狭隘和偏僻的,弱水三千你不得不只取一瓢饮,你只能取那一瓢。你喝不了那么多,你也没兴趣喝那么多。也许后者更重要。一个人的写作兴奋点是逐渐变少的,审美趣味和注视世界的角度不允许你无限地拓展目光,你得集中,你得深入,因为你想把你感兴趣的东西说清楚,说得完美,所以你不得不狭隘和偏僻,写作和志趣把你从辽阔的原野赶进了一条小胡同,让你把胡同走穿。死胡同走成活的。所以我想象有一条路岔开出去,以我的方式一个人走,去触摸和勘察一个人的"历史",通往那理想之地,所有的文字筑成一个遗世独立的乌托邦。

新人是一条射线或者一串省略号,历史和乌托邦刚刚出发。我希望自己能守住这"新"字,不是年龄意义上的,而是文学的;做文学的新人,而不是旧人、老人,更不是敌人。

最后,感谢"华语文学传媒盛典"的主办方《南方都市报》和《南都周刊》,感谢评委,感谢所有阅读过我作品的朋友,以及所有正在默默写作的人。

走过花街的今昔

——在美国克瑞顿大学的演讲

作家有两个故乡，一个在地上，一个在纸上。前者与生俱来，是切切实实地生长养育你的地方，甩不掉也抛不开，人物和细节看得见摸得着，它是确定的；后者则是后天通过回忆和想象用语言建构出来的，它负责容纳你对这个世界的所有见闻、感知、体悟和理想，它是你精神和叙述得以安妥的居所，是你的第二故乡。它是无限的，你的精神和叙述有多庞杂和强大，它就会有多壮观和辽阔。

正是在这个意义上，我写的一条名叫花街的老街，不仅仅是一条街，它可能是整个世界，它也正在成为整个世界。这些年我一直在写这条街，在运河边上，船上的人从石码头上岸，就能看见一条被脚磨得光滑发亮的石板路，路两边的人家脸对脸沿街分布下去。这条街不是我真正的故乡。我的故乡在中国的北方，曾经多水、湿润，但现在已经开始干枯，像一截木头正在失去水分；而我小说中的这条花街，地处中国南北交会点，运河的水汽每天早上都要打湿石头路面。这条街上有南方的那种青砖灰瓦白墙的民居，人们说话时舌头永远都摆不到正确的普通话的位置上。这里与我的故乡相去甚远，但我十分喜欢这样的环境，所以把它放到故事里，当故乡一样来不断描绘。

要说一下这条街的来历。在我工作过的地方的确有这么一条街，就是这个名字，也在运河边上，很短，很多年前倒是住过很多人家，现在城市发展房屋拆迁，一条老街只剩下了不到二十米长，还是弯曲的。三月份我又去看过一次，这仅有的一截花街上，两边都是简陋的小店铺，铺子门前梧桐树越发粗壮了，但可能很快就将被砍掉，楼房、商厦和大马路已经从另一头侵袭过来。这是中国城市化进程中需要付出的莫名其妙的代价。我担心再过两年，这条街会从那座城市的地图上被抹掉。这也是我打算继续把这条街写下去的原因之一。

每个作家进入写作之后，都会为自己找一个类似的故乡，经营属于自己的独特世界，以便于把他最熟悉、感触最深、不得不讲出来的故乡的故事统统放进来，像福克纳的约克纳帕塔法县，像马尔克斯的马孔多。我喜欢花街这个名字、这个地方，把故事放到这里讲就特别有感觉，所以我不停地把故乡里熟知的素材和故事，以及根植于故乡的想象与虚构搬到花街上来。故事越来越多，人物越来越多，场面越来越大，原来只有几十米长的一条小街只好变得越来越大、越来越长。我不得不把它拉长、放大。故乡是确定的，不会随意变化，但纸上的故乡却是流动的，它有弹性跟橡皮筋一样，只要我愿意，只要我有足够的能力，完全可以把整个世界都搬到这条街上。过去这条街上没有教堂，现在有个小说里需要一座教堂，那我就会在花街上找个地方新建一座教堂，门口装一个喷泉。如果需要有一所大学，我可以在街上建一所名叫克瑞顿的大学。我还可以在小说里说，这条街旁边正在兴建一座非常美丽的城市，名叫新奥马哈，一条名叫新密苏里的河流将与运河平行，流经这个城市。所以，这条街可以无限扩大，直到变成整个世界。

既然要把一条街当作世界来写，那么我在这条越来越长的街上就不能仅仅处理街上的事、故乡的事，还要处理我所面对的整个世界的事，我要处理空间问题，也要处理时间问题。我把我对中国历史、现实和人与人之间的关系的认识都落实到这条街上，所以花街的故事里的时间和空间的跨度很大，从几百年前一直写到现在，从封建社会一直写到当下的城市化进程和全球经济危机。

这条街因为地理环境的独特，其生活面貌、风土人情以及所面临的问题也必然与众不同，这也正是这次会议我们将要探讨的问题，对亚洲的想象。因为时间关系，我无法结合具体作品来阐述我通过一条街所进行的关乎亚洲、关乎中国的想象。但有一点显而易见，无论通过何种——政治的、经济的、哲学的或者文学的——方式，最紧要的一点也许是相同的，那就是建立在对亚洲、对中国,对它们的过去、现在和将来有真切的感知和发现的基础上,否则所有的想象只能是空想,所有的描述都可能是篡改,所有的判断都会是葫芦僧判断葫芦案,距真相越来越远。而我,在借用文学这一方式时,希望自己能够像深入小说的细部一样深入亚洲和中国的独特的细部,进得去也能出得来,在一条街上写出我对亚洲和中国的无限接近真相的属于一个人的想象。

为什么写作

刚认真听了迪亚斯先生的发言,他写作的初衷细腻、动人且充满担当,让我感佩。他讲得非常详尽、生动,但我相信,关于他自己写作的原因他还是没有全部说清楚,因为一个作家永远会找到激发他产生新的表达欲望的理由,这也是我们必须一直写下去的缘由。古往今来的作家们几乎穷尽了写作的理由,但就算是同一个理由,每一个写作个体还会有自己独特和偏僻的理由。比如加西亚·马尔克斯说,他写作是为了让朋友们更喜欢他。博尔赫斯说,他写作是为了让时光的流逝让他安心。我们的作家莫言说,他写作为了顿顿都能吃上饺子。而智利的大诗人聂鲁达说,成为一个诗人是他从小就有的愿望。

我说说我的。我写作因为两件事。一是因为一场病。高三时神经衰弱,白天头疼,想睡觉,没法睡,要看书上课考大学,又学不进去;晚上必须睡觉,所有人都睡了,我却又清醒得睡不着,整个人处于一种异常紧张、分裂和绝望的状态。最严重时到了幻听的程度,再进一步就是后来才知道的医学术语:精神分裂或者忧郁症。那时候的确很忧郁、孤僻,觉得被全世界抛弃了,憋了一肚子话、委屈、绝望和邪火没处撒,没人跟你说,我就写日记。那段时间写了几大本日记。每天晚自习如果不把自己给写通透了、彻底了,根本看不了书。我治疗神经衰弱和失眠的方式后来被医学界的朋友认为相当科学,除了写日记,就是长跑,一大早天还黑着,我就在操场一圈圈跑,下了晚自习,同学们都回宿舍睡觉了,我再到操场上跑。神经像松紧带一样拉过了头,通过长跑和运动能够一点点恢复它的弹性。这是医学上的原理,我不懂,我只知道跑完了,头就不疼了。后来我回头看了那时候的日记,很多完全不知所云,非常现代派。一点都不像我们熟悉的日记,从早上八点一直写到晚上八点,分门别类,一二三四,我是苍茫而来,混沌而去,想到哪儿算哪儿,写到哪儿算哪儿,比乔伊斯、弗吉尼亚·伍尔芙和福克纳还要意识流。总之一点都不守规矩。这种毫无章法的写作为我后来成为一个作家打下了坚实的基础,上来我就可以天马行空,通过几大本日记我把很多文学手法提前训练过了,我把自己写开了。百无禁忌的那样的"开",自由。念大一时,有一天我突然想到要当个作家时,一下笔,我就意识到,早在我是一个严重的神经衰弱患者时,就已经是一个作家了。

这个理由一点都不高大上,但它是真实的。我相信没有几个人最初真是要"为人民服务""为天地立心,为生民立命,为往圣继绝学,为万世开太平"而开始写作成为作家的。一个人最初的通往作家之路,都是偏僻的、私密的,甚至完全都没法拿到这个礼堂里来谈。

第二个理由:到世界去。用米兰·昆德拉的时髦的话说:生活在别处。我从小生活在一个偏远的小村庄里,比例尺大一点的县级地图上都很难找到我们村。我们村离县城四十里路,那几乎是我能想象到的世界上最远的距离。不知道迪亚斯先生是否能够理解一个乡村少年的遥望世界的梦,我觉得我在世界之外,县城就是那个繁华的世界,就像认为铁岭是国际大都市一样,我觉得我们县城是世界的中心,或者说,是世界的尽头。我一直想到世界去。隔我家一条巷子有个邻居,在县城的一个加工厂上班,骑摩托车。他说他最快十五分钟骑到县城,我羡慕得不得了,觉得他的摩托车是世界上最快的交通工具。这也是很多年里一直想有一辆自己的摩托车的原因,我想,骑上去一定很拉风。后来我去美国,在高速公路上看见一支年龄都在六十岁以上的老同志组成的哈雷摩托车队时,发现他们的确很拉风。而我邻居骑着摩托车每天去县城上班时,我正在家放牛。每天骑着牛晃晃悠悠去野地里给它找草吃。后来我终于去了县城念高中,我觉得县城真大,我把每条路都记得清清楚楚。印象深刻到后来去了更大的城市,总是转向,总觉得人家南北主干道方向不对,应该是东西路,因为我们县城最重要的一条路是东西方向的。

跟大家想象的一样,到了县城,发现它不是世界的中心和尽头的时候,我又想去更大、更远的地方了:生活还是应该在别处。我要继续到世界去。然后,我到了一个小城市念大学。念完了大一大二,我又想到更广大的世界去,大三大四就到省城南京念了。本科毕业,工作了两年,病又犯了,想到北京去,然后又考了研究生到了北大。然后留在北京。这不是结束,我开始不断地出国,今年长长短短地出境八九次。也许以后更多。伴随着不断地到世界去的,是写作,是自我表达。如果以写作论,到远方去,四处游走,周游列国,可以算作是身体的写作;而写作,却是一种精神的旅行。当你没法及时地到世界去时,写作满足了你出走的、到世界去的欲望。当我简述我不断地从一个地方走到另一个地方时,你可能会觉得我一直在路上,就没停下来过,到世界去的欲望好像从来都没被憋着过,实际上肯定并非如此,两个位移之间都是漫长的时光,如此之漫长和煎熬,我必须通过文字去完成一场想象中的旅行。或者说,文学说到底是一场最为经济的精神之旅。坐地日行八万里,巡天遥看一千河。运筹帷幄,决胜于千里之外。说的其实是文学。这些年,我用文学当摩托车,一直行进在到世界去的路上。

当然,当写作成了一种职业和日常生活时,你会发现,你已经离不开写作了。写作成了你自我表达的需要,成了你自我确证的前提,成了你之所以是你的必要条件。就像亚里士多德说的,你的"是其所是"。你写作,因为你有话要说。不说真的会憋死。你有话要说,因为你对这个世界还有激情,还有不满,你希望它能再好一点、更好一点。就像迪亚斯先生说的,你最后写出的是"社会小说"。你可以为了人生而艺术,可以为艺术而艺术,但说到底,你不得不为"社会"而艺术,因为你会要求你的写作及物、有效,在众多可能的指标上立竿见影。

写作不仅是遥想,不仅是"不平则鸣",写作还是你思考、探寻和发现的最重要的方式。比如,这几年,我突然发现,经由写作,比如我的长篇小说《耶路撒冷》,我发现"到世界去""生活在别处"有了新解。而这个新的解释同样成为我继续写下去的理由。

有个故事是这么讲的:一个年轻的穷光蛋,一直想寻到宝藏。一天夜里梦见一个白胡子老头告诉他,你要出门去,你要左走、右走,过山、过海、过大河、过森林,然后左转、右转,一直走,有一天你来到一个地方,你在那儿开始挖,你就能挖出财宝。这个年轻人就按照这个老神仙的指点,左转、右转、左转、右转,然后翻山过河,穿过森林和草原,一圈下来,胡子一大把,头发也白了,走成了一个老头,终于来到那个老神仙告诉他的地方,然后在那儿挖。问题是他来到那个地方的时候发现,到自己家了,他在自家的屋檐底下挖到了财宝。有人一定会想,既然财宝就在家门口,我何必要出去。但问题是,如果不周游这一圈世界,你永远不知道财宝就在家门口。换个角度看,对最后变成老头的这个年轻人来说,我觉得挖到财宝固然是一件高兴事,没准他还会发现,最大的意义、更大的乐趣是在路上寻找的过程。他肯定不会挖到财宝然后坐在那地方抱头痛哭，说这辈子瞎耽误了时间，相反他会很自豪，这辈子见了不少东西，阅尽人世，就算没沾着财宝的边儿，也值了。

这其中，有故乡和世界的别样的辩证关系。通常的理解里，世界就是远离故乡的地方，生活在别处。但是到世界闯荡的人，回到故乡时，可能会发现，一直孜孜以求的世界，就在家门口。故乡也可能就是世界。

可见，写作对我来说已经成了思考和探寻的方式。只要我还有疑惑，还有话要说，就会一直写下去。这也成了我继续写下去的理由。

零距离想象世界
——上海青创会上的发言

一

上个月北京举办一个国际文学节,因为同为嘉宾,认识了一个从纽约来的印度裔作家。此人兼做短片,他想拍一个关于北京的短片。碰巧我写了几个和北京有关的小说,便被当成了"专家",非要拉着我谈一谈。我坐着说,他拍,说什么都行,只要关于北京,如果能说点谁都不知道的北京最好,比如地下的、边缘的、非法的。我听明白了,他想拍北京的背面。在他看来,繁华正大的这一面如同有秩序的假象,看着不放心,混乱的、焦虑的、艰辛的才更真实。一个高速发展的乡土国家,大都市里免不了藏污纳垢。他直言不讳地跟我讲述他的构思,片子分三块:一块关于地下音乐;一块拍一个从事特殊职业的年轻女孩子的一天,看她如何屈辱地挣钱;第三块就是我，一个写小说的，坐在那里满嘴大胡话地乱侃，从文学和社会学的角度抽象一下北京城。

显然，这是远道而来的想象。地球那一边的大部分人对北京大概都作此想。故宫、长城、颐和园、国贸、鸟巢和中央电视台的"大裤衩"满足不了他们对真相的好胃口，摆在面上的、光鲜的从来都不是我们想象力的目的所在。我去华盛顿，迅速看完了白宫、国会、方尖碑、林肯纪念堂和各种博物馆，我的镜头对准的也是城郊那些生活贫困邋遢的黑人兄弟。看见打架、骂娘、乞讨和桥底下经年的塑料垃圾，我也莫名其妙地兴奋：不是就想看人家的丑，也不是找一个心理平衡，而是觉得，我看见了一块被遮蔽的美国真实的生活。发现真相的成就感让我们激动。而多年来，我们，我和那位美国作家，其实一直都在被培植着如此这般的远距离想象。

更早的时候，二〇〇三年左右，我还在北大念书，奉命陪同一群台湾佛光大学的学生游览北京。好几个初次来大陆的同学眼都大了，大陆人民也过上了好日子！北京竟然如此繁华！在他们的教育和想象里，我们还水深火热，吃了上顿愁下顿。他们的惊奇让我更惊奇，这可是二十一世纪，就算没来过，也该从电视报纸和互联网上有所了解吧。他们的确是有所耳闻，问题是，对这些道听途说不敢相信，怎么会有那么好呢？一准是假象。在他们心里，有更坚硬更顽固的"真相"在。

美国想象北京，距离够远的；台湾想象北京，距离是近了，但事实上也可能更远。他们愿意听我的见解，我也很希望能够言简意赅说到点子上，但是，当我在镜头底下指手画脚准备开讲时，我发现我也茫然了。北京之大、之复杂，要理出个头绪实在艰难，身在此山中，云深不知处，远距离固然不可信，零距离也未必就可信。我缺少"总而言之"的能力，也没办法"纲举目张"，我只能从我熟悉的那一点，我学习和生活过的北京的西北角，海淀区，从我熟悉的一条中关村大街讲起。我希望所讲的每一个细节都能尽量真实和及物。但是，在讲述我身边的生活时，我相信其中充满了偏见和曲解，充满了南辕北辙。

也就是说，在零距离想象一座生活在其中的城市时，我感到了把握和表述上的尴尬、胆怯和力不从心，我不知道我的叙述有多少可以真正逼近真相，是有意义的。我不能仅仅给别人讲几个貌似好看的故事。

零距离想象一座城市如此，零距离想象这个世界更是如此。鉴于一个人与世界可能有的复杂关系，在我的理解里，写作所要做的，正是零距离想象世界。

二

面对这个问题，我有极大的挫败感和困惑。

这个挫败感不是来自我写作热情的衰减，事实上，不间断写了十三年小说之后，我的热情越发高涨，恨不能毕其功于一役，通过一部小说吞下整个世界。我相信也不是源于虚构能力的衰退，如果愿意，我可以每天编出一个像样的故事。问题是，我用如此澎湃的激情写出来的这些故事意义何在？我希望这些小说能够有所发现，有所创新，能和别人的写作鲜明地区别开来，能够及物地表达出我对人和世界的看法。这个东西才是让我感到挫败的原因。

能否有很好的想法，同时又可以充分地、独特地表达出来。这是我对好小说的评判标准。我觉得我做不到，或者说，我已经做到的远远不能令自己满意。

好想法获得很难，越来越难。我写了几篇关于北京的小说，刚开始写的时候信心百倍，浑身有使不完的劲儿，觉得这样的小说几乎可以无限制地写下去，但现在，停下了。手头攒了一堆好故事和好细节，但我找不到一个好的想法把它们结构起来。我对北京的一些认识、感受和想法在过去的那些小说里差不多已经用完了，再用一次也未尝不可，但很容易重复。在一段时间内，你对生活和这个世界的看法不可能日新月异，你不可能每天都有一个好发现。不仅在你纵向的写作中写作有难度，在横向的整个当下的写作中，你依然会发现难度，甚至是更大的难度。那么多人在做同一种工作，那么多人和你面对的是同一个世界，过的是同一种生活，平面和趋同的生活又培养了大家趋同的看法，写出来很可能就是同一篇小说，我就不得不怀疑这个小说的意义和价值。如果你怀疑同时又无能为力，你就可能绝望。

这种绝望感我每到年末都会深刻地体验到。写作之外我在一家杂志帮忙看小说，年末总结，把十二期杂志摊在桌上，闭上眼你能"看见"的小说三五篇而已。绝大多数小说可有可无。单挑出来看,你不能说很多小说写得差,但放在一起就会发现,它们的确没什么意思。大部分都是对生活平庸烦琐的摹写,"低到了尘埃里";另有一些,安于对日常美德简单、肤浅地肯定,把小温暖当大境界,尽其所能地卑微、安详和桃花源记;还有一些,显见的重复,重复自己和他人、重复前人和前人的前人,用陈旧的修辞、故事讲述一个陈旧的正大庄严的道理。在这些写作中,你看不见作家内在的焦虑和彷徨,看不到他对这个世界怀有困惑和疑问,他像转述佛经一样写小说,看似熙熙攘攘满篇的人间烟火,实则两眼空洞,什么都没有"看见"。如果把"不平则鸣"作为文学的定义之一,那你就会明白他对这个世界其实无话可说。

每年看到如此豪华的陪葬品,我都心惊,我竟然花了一年的时间认认真真地去一篇篇阅读和编辑了它们。恐惧还来自我自身的写作,如果我不能时时提醒和磨砺自己,我也将是其中之一,在文学的垃圾山上我也扔了一袋又一袋。我也确实已经扔了一堆又一堆。

也正出于这些原因,在情绪和宣泄式写作之后,这几年我的写作被迫慢下来,发现的问题越来越多,困难越来越大,需要反抗和突围的地方也与日俱增。我不是"苦吟派",我也不擅长惜墨如金,但这些问题时刻纠缠在写作里,想快也快不了。我在一个中篇小说《居延》的创作谈里说到"我的现实主义危险",就是遭遇的问题之一。我相信这个问题不仅是我一个人的，很可能是所有人的，所以提出来讨教和交流。

在创作谈里我说：在写作的惯性里，现实主义的惯性更甚。最好的小说要以实写虚，经典皆如此。而我面临以实写实的危险。毫无疑问，现实主义是我们根本的处境，你生活在一个属于你的具体的世界和时代里，你应该看见它，从脚底下出发，所以，我力求细节落实，在日常生活里寻找小说的入口；但是，它的归结处不能止于现实，至少不能在那些日常的、简单的、庸俗的现实主义结论上停滞不前。而当下的日常现实主义写作，实在很容易从日常始，到日常止，现实主义的细节和尘埃堆满你的翅膀，禁锢你的思维，你没办法扶摇直上，你也就看不到比日常更宽阔更高远的问题，你的飞翔永远在海拔两米以下，那么，你得出的只能是那些千古不易的日常结论，诸如人之初性本善、应该好好学习天天向上、要认真活着、人应该有爱心、孝顺是基本的美德等。固然这些伟大的真理看上去都很美，可是它需要我们一遍遍地去确证吗？它们早已经日常和强大到变"虚"为"实"了，像一加一等于二一样不容置疑，需要我们用小说再去重复一次？这其实回到了另一个常识问题：在今天，小说何为？

我的危险正来自此，"现实主义"得尾大难掉。我检点写过的小说，发现一个渐趋明显的走向：小说的意蕴开始落实，越飞越低，渐渐向日常和现实的结论靠拢。而我理想的小说是，意蕴复杂多解，能够张开形而上的翅膀飞起来。也就是说，我希望自己的小说最后能够指向和解决某个"虚"的东西。可是，翅膀越来越沉重，你不能不怀疑自己的思考力和发现能力，那些洞穿现实照亮幽暗的精神世界的光到哪儿去了？

回到我的题目，零距离是我们的根本处境。零距离是个优势，也可能是劣势，你未必就能在想象世界时比远距离和近距离更准确和更有意义。

三

还有另外一个问题。正因为零距离地置身急剧变化的世界、零距离地置身当下文学现场，文学对新一代写作者有了另外一个难度：就是如何及物地表达我们对这个世界的真实感受和想法。在很多场合我都会被问及，作为一个70后的作家，你认为这一代写作的可能性前景是什么？说实话我不知道，我也没能力回答如此巨大的问题，但我想，这个问题我们早晚躲不过去。

我能考虑到的，也一直在考虑的是，假如文学的确是可以胜任我们想象世界的方式，那么，文学在这一代作家的笔下应该会出现一些新的东西。这新东西是对是错，是科学还是谬误，无从判断，也不必望天打卦去瞎猜。但应该有。世界在变，写作者在更新，写作者对自身所处的这个世界的最及物的表达也理应出现新质。在这个意义上，我认同"一代人有一代人的文学"的说法，尽管文学有极重要的通约和传承的一面。既然如此，如果我们要表达自己对世界最真实的看法，必定得找到区别于前辈的、仅仅属于我们自己的表达方式。如果一双

70后的眼睛、一双80后的眼睛，所见的世界的图景与40后、50后、60后没有丝毫差别，如果它们对这图景的想象和表达与40后、50后、60后也没有差别，那么我们完全可以停下来不写，有前辈们足够了。

至于如何实现这种独特性表达，有待于我们一起摸着石头过河。三年前人文社约我写一部长篇，编辑年年都报送这个选题，我还一个字没动。不是写不动，也不是担心失败——写作从来只有失败，没有成功——而是我不知道如何进入才能实现我的想法。就我个人的趣味，我宁愿写出不成熟但真实的、"有我"的小说，也不愿去写完美无缺但虚假和陈腐的东西。

讨论会的主题是"限制和欲望"。世界和想象对每一个写作者都是敞开的，但由于种种原因，我们没办法完全克服掉它们和我们自身加于自己的桎梏，因而自由和近距离完全可能是最大的限制。想象、虚构和表达的欲望的确可以帮助我们突围和打碎一些枷锁，但同样也有可能让我们掉进更大的陷阱里。在我浅薄的写作体会里，限制和欲望必然既相反又相成，基于我现在面临的困惑多过自信，这一认识不能证明我有一个清醒的辩证头脑，只能表示我是一个摸着石头过河的犹疑的相对主义者。

纯文学的傲慢和想当然
——《钟山》笔会上的发言

今天我们要谈的是"文学：我们的主张"。这是个好议题，至少有这么两层意思：1.文学是我们的主张。对写作者来说，文学的确是我们面对生活的最重要的主张。2.面对文学，我们要有自己的主张。这也没问题，没主张我们如何写作？

问题往往就出在貌似没问题之处。面对文学，我们真有自己的主张吗？我们有自己的真主张吗？

去年我参加过一个研讨会。北师大国际写作中心聘请了一位美国的年轻作家来驻校写作，举行了一个入驻仪式暨"怎样认识和讲述中国故事"的小型研讨会。之所以设置这一议题，是因为该美国年轻作家也写过中国故事：一个外国作家认识和讲述中国，另加上几位受邀与会的中国作家，认识和讲述中国时有何不同？不同视野中的不同景观，以此来辨析更真实的中国。这是主办方的初衷。这个题目让我悚然一惊,有当头棒喝之感。照理说,对于一个中国作家,认识和讲述中国乃题中应有之义:生在中国,长在中国,中国是我们的根本处境和日常生活,认识和讲述中国故事还需要特别提醒么?恰恰就需要特别提醒。我突然对自己、也对很多作家的写作产生了怀疑,我们真的认识和讲述了中国吗?我们真的在认识和讲述中国吗?我们的确通过写作逼近了自己和中国吗?起码我个人不敢理直气壮地说是。

这并非一件与生俱来、理所当然、不证自明、水到渠成的事情。我们有可能活在自我之外,我们有可能生活在某种"非中国的"虚假的生活中。换句话说,我们可能生活在某种自以为是的幻觉里。生活中南辕北辙的例子比比皆是:你以为你正向着西方走,其实你离日出越来越近;你以为你正对着某个本质深度掘进,其实你可能正在假象的泥淖里撒欢打滚。事情经常会起新变化,我们有可能都不是我们自己。

——此非危言耸听。一个写作者,往往以为自己有能力深入地勘探出世道人心,当然包括有效的自我发现和表达。但事实上,你可能在用别人的眼光、别人的方式看待这个世界,你可能正操着别人的嗓音在说话,而你不自知。你可能一直生活在别人的阴影里,在别人的惯性中写作。某年,一个朋友热情地向我推荐一个80后年轻作家的作品,理由当然是写得好。的确写得好,成熟,无懈可击,但我看来看去看见的都是一个50后的祖父辈的老作家的手笔。假如遮住作者名姓,我肯定会告诉你，这位老作家的小说写得好。实在太50后了，50后的看待世界的眼光，50后的价值观，50后的进入文学的方式，50后的修辞。我丝毫没有非议前辈作家的意思，我想说的只是，我看见了一个年轻的80后作家正在用50后的眼光看待这个世界和文学，我听见该80后作家发出了苍老的假声。该作家用假嗓子说话却不自知，反倒很是傲娇，以为那就是自己的真声音。我当然明白文学有着永恒、通约的那部分价值，我当然也明白一个80后作家有可能在很多问题上与一个50后作家的观点毫无二致，但我依然希望看到一个属于80后的目光和世界观，我依然渴望听到一个80后的年轻的声音，哪怕最后殊途同归。你的独特性，你自己，是你区别于别人、确立和成就自我的前提。你要在你的向度上写作，而不是在别人的惯性里写作。齐白石告诫学画者：学我者生，似我者死。如果一代代后来者都长得跟前辈一模一样，一代代年轻作家都写得跟上一代不分彼此，那我们存在的意义何在？有前辈和他们的写作就够了，我们可以干点别的了。

假如说摆脱别人的写作惯性、找到自我真实的声音还不算太难，那么，从自我的写作惯性里逃离出来可能就不那么容易了。你更容易不自知。做了十年编辑，见到过太多写作经年的老作家，他们深为自己二十年三十年不能上《人民文学》不平和不解。二三十年了，就一点进步都没有？很有可能。这么说有点残酷，但却是事实。不是你一直在写就会有进步，如果仅仅把写作当成一个体力活儿，仅仅把作家看作是一个写作数量的积累，笔耕不辍半个世纪也可能还在原地踏步。我看过一些作家当下的作品和二三十年前的作品，我只能说，在他们的笔下，浩瀚的二三十年光阴仿佛不曾流逝，他们还停留在他们的第一部作品上，他们还在自己的过去的那个身体内辛勤跋涉。二三十年来，他们在用同一种眼光看世界，用同一种音质、音色和音频在说话，他们在不停地用同一种方式重写同一部作品。他们不知道他们一直在自己的惯性里写作。

写作必须一次次脱胎换骨般艰难地努力。想当然地单纯依靠"写、写、写"这个勤劳的姿态来求取艺术上的提升，只能是想当然。

所谓的纯文学往往怀抱此类的想当然而不自知。天然地以为自己在做一件关乎世道人心、关乎艺术与人生、关乎修齐治平的大事业，天然地以为因自己的正大庄严，便必有进步。因为我从事的是纯文学，所以我的就必有价值。这几乎也成了纯文学最大的傲慢：瞧不上通俗文学，似乎人家不管如何努力，因为"出身不好"，于艺术、于社会人生便天然地裨益浅薄。我只能说，这是相当浅薄的看法。

这些年因为工作和交往的关系，接触了一些畅销书作家，包括一些网络作家。他们中的很多人比所谓的纯文学领域内的作家更让我心生敬意，他们比我们更敬业。你可以认为他们取悦读者和市场，但你必须承认他们勤勉进取的敬业精神。他们对市场和读者需求的研究和把握之精细与准确，以及由此对写作策略之调整的迅疾，是我们这些纯文学的"大老爷们"根本做不到的。也许你会说，非不能也，是不为也；我基本可以断定这是个冠冕堂皇的借口，你可能真的不屑为五斗米折腰，但为了文学和自己文学的广大，你在艺术上下过畅销书、通俗文学作家们那样的功夫吗？我确信，但凡纯文学作家有畅销和通俗文学作家们一半的精进，我们所谓的纯文学的面目肯定比现在要好看好几倍。我们更多人是躺在"纯"字的美好感觉和莫名其妙的优越感上碌碌无为，我们顽固地坚守自己的纯文学的傲慢，然后想当然地以为我们就该如何如何，好像手持"纯"字的尚方宝剑，一切都将、必将滚滚而来。

所以，谈"文学：我们的主张"，我们也许得先解决"主张"之前的问题。

我用这乌鸦一样的声音与各位共勉。

杂感篇

文学新人"不等人"

打开一本书,如果你不能在六十天内看完,那么对不起,你必须跟这本书说再见。阿根廷独立出版人埃特纳日前发明了这种"不等人的书",这是一本拉美文学新人的作品合集,用某种新型墨水印制而成,一旦接触到空气和阳光,字迹就开始变淡、变淡、变淡,直到两个月满还原成白纸。这个创意挺刺激人。长久以来,我们的确"练就"了一套拖拖拉拉、漫不经心的阅读功夫,一本书看上两年的大有人在;反正书在手边,什么时候都能看,最后就什么时候都没看。然后又凭空生出藏诸名山、传之后人的虚妄自信,好像言之成文即可行之久远了。埃特纳提醒我们,靠不住啦,文字也是长腿的,书也有了保质期。

当然,阿根廷人的初衷不在于发动一场出版和阅读革命,他持的是一颗小小的焦虑之心。他只想让这本书里汇集的拉丁美洲的文学新人能在最短的时间内被大家关注,短到在他们被遗忘之前，短到执文学权杖者和别的出版人足以充分地看见他们，让他们在接下来的第二本书里延续微弱的文学生命——鉴于文学新人的出头之难，处女作中潜藏的文学生命的确太过微弱：它的印数不会多，市场不会大，关注的人极为有限，时刻面临被无数新的出版物覆盖、灭顶和再也露不出水面的可能。阿根廷人的担忧十分正确，如果他们的第一本书不能在短期内被关注，就很难有机会出版第二本，文学之路可能就此画了句号。

作家在起步之初有时候就这么脆弱，他可以沉默着写，但他扛不住写作之外的世界对他报以更大的沉默。如果他的第一拳就打到棉花乃至空气上，他通常怀疑的不是棉花和空气，而是自己的手。

一定有人说，文学是长跑，好书经得起一读再读，今天不读明天读了，今年不读明年读了，照样能看出好来。一点儿都没错，所以好文学应该写在纸上而不是水里。只是我担心，等哪天你看出某前新人的好来时，他已经用打到棉花和空气上的"原罪之手"改握了锤子，成了资深的铁匠——除了铁锤和火钳，这世上再没有什么东西更适合这只手了，包括一支笔。

一定也有人会说，文学是长跑，成大事者，必要劳其筋骨、饿其体肤、空乏其身，增益其所不能，区区的两年沉默都扛不住，说明他不配干这个活儿。逻辑也成立。这逻辑放之四海而皆准，不论职业，不论人种。可是，有多少人能严格按照"理论"和"逻辑"过日子？

就我狭隘的见识里，见得更多的是穷而后死，而非穷而后工。"穷"指的不仅是食难果腹、衣难蔽体，还指的生发壮大文学生命的机会像高空里氧气一样稀薄。文学新人们如此地渴望被阅读，如此地需要求其友声，但世界对他们报以石头般窒息的沉默；握笔的那只脆弱敏感的手，仅仅为了自救也会转而捡起锤子。因为他们是刚起步的新人，在写作上还没来得及学会自信。所以，必须被阅读。我见过声称不在乎是否被阅读的大师，我也相信此言源出本心，但我几乎没见到不矫情地无视读者的新手。大师们不在乎，因为不管他们怎么不在乎，读者也会蜂拥而至，大师还是大师；若新人不在乎，那可能就真的门可罗雀了，新人只会停留在新人，或者变成手握铁锤的前新人。因此，被阅读是新人成长的必由之路；阿根廷人深解其道：第一本书不被阅读，新人没有第二条路。

第一本书传播的重要性如果直接移植到中国，或许有识之士会有异见：在中国，即使你一本书没出，照样可能成为名作家。中国有数目惊人的文学期刊，东方不亮西方亮，你只要写得足够好，总有地方发表；只要在众多期刊里周游列国，保持了足够的出镜率，你也可以从新人茁壮成长为所谓的名家，大可不必在"第一本书"这棵树上吊死。似乎在中国当下的主流文坛，期刊形成了最被认可的作家培养机制。等他从期刊进入"第一本书"时，很可能已经不再是埃特纳意义上的文学新人了。让那些必须靠"第一本书"来脱胎换骨的拉丁美洲文学新人羡慕我们吧。

不过别高兴太早，当期刊意义上的"旧人"转向他们名副其实的"第一本书"，很可能也会遭遇拉丁美洲年轻的兄弟姐妹同样的艰险。期刊种类固然可观，但读者寥寥，而出版商要的却是市场，即使你在期刊上堪为上宾，也无法保证你的"第一本书"就比拉美的难兄难弟运气好——读者群变了；市场是个极其吊诡的东西，它的口味经常与期刊的"文学标准"相悖。"叫好"与"叫座"自有一套复杂的逻辑，想必大家都明白。

但我们也都看出来了，不论期刊还是出版，共同的目标都是被阅读。埃特纳的创意想必我们也都明白，用心何其之良苦。这本"不等人"的书中的文学新人有福了。不过这里好像也暗含了另外一个线索，即被阅读与作家的可持续发展的问题。靠赶着消失来要挟别人读，的确也不像是发现天才和大师的好路子，倒像个促销的噱头。鼓励是必要的，但一着急也可能变味儿。新人往往管不住自己，出版人沉稳了，他可能会比你还淡定；出版人上火了，他就有可能比你还猴急，心定不下来，浮躁得只想往天上飞。

我十分理解埃特纳和书中的新人们，这事轮谁头上，谁也要深重地纠结一番。细细思量，如果是我的书，做三五百本来蒸发，我肯定非常乐意，如此具有严肃的游戏精神的创意，不试一下可惜了，没准还能撞上几个伯乐；而且，你还能眼看着它变成无字天书，如同另一种虚构，必定是不一样的体验。但是你要让我把所有的书都弄成这样，假以时日让它们变回白纸,那感觉可能会很像刚写完的小说没赶上存盘,生生被切了电源,再打开时,电脑和我脑都一片凶险的空白,那就"杯具"了。作为一个写作者,我希望更多的人看见我的文字;但同时我也更希望,每次打开自己的书,所有的文字都在。

——文字整整齐齐地排列在那里,沉实、坚定,它们给我的信心和内心的安妥,胜过最终化为空无的著作等身,以及所有的荣誉。

一半是海水，一半是火焰

朋友聚会，席间说起金庸小说里的人物。年轻女士说，我喜欢杨过，那一只痴情的空袖子，酷毙了。中年女士说，我看好那郭靖，结了婚才发现这种人最可靠。我也喜欢金庸，碰巧也喜欢杨过和郭大侠，只可惜我是男人，不能设想自己跟哪一个过一辈子更合适。又想在这个话题深入拓展开去，便广泛征集众女士意见。结果显示：年龄大一点的喜欢郭靖者居多；小一点的无比热爱杨过和乔峰；只有个别喜欢插科打诨的更小女生说，其实跟段誉和韦小宝谈谈恋爱也不错；没有一个女同胞说我喜欢段正淳和慕容复。

这只是个即兴问答，从中提炼出科学的论断或为不妥，不过细细推究好像还挺有点意思。其一，在爱情观上，我们往往能从金庸的小说里获取例证，他老人家庞杂的武侠巨著里充满了情爱秘诀。其二，喜欢杨过和乔峰的女士，不惑和知天命之间者甚众。这一拨人，就是我们通常所谓的"70后"。限于经验，别的年龄段暂且按下不表，单说和我同处一个年龄段的这群杨过和乔峰爱好者。

在所有的"某某观"里，我相信这些"观"都是被建构出来的，而且很难一成不变。改变是必然的，席间迥然不同的爱情观已经说明问题，某女士在十年前的确是经常看见杨过骑着白马穿过她的梦境，但是十年后，她觉得靠着郭靖憨厚瓷实的肩膀心里更踏实。我也基本可以断定，那些打算和韦小宝跟段誉玩玩恋爱的小丫头，谈婚论嫁的时候如果没有怪异的爱好，会一脚把爵爷和大理国的小皇帝踢出备选老公的大名单的。他们在正大的婚姻面前，还是偏僻了点，也嫩了点。

那么，建构是如何形成的？首先是阅读，文学作品和影视剧。《红楼梦》《少年维特之烦恼》《霍乱时期的爱情》《围城》《家》，舒婷的《致橡树》和《神女峰》，还有金庸和琼瑶的小说，等等，这些作品里的爱情大概奠定了我们这一代人爱情观的底色，不管认同与否，在我们接触爱情这种陌生事物之前，它们告诉你，是这么一回事。喜欢哪个就盯着哪个看。不过，真正决定你的爱情观的是：生活告诉你。绝知此事要躬行。不仅是你的性格、年龄，还有一个社会潮流和大环境。你身在其中，被自己和人流裹挟着往前走，你慢慢地知道该憧憬个啥，需要个啥。比如我，纸上的爱情见过了成千上万，但百分之九十以上依然抽象，形同虚设，在更年轻的时候也许内心里狂野过，在想象中下了无数次决心要飞蛾扑火一样去争取一两秒钟的惊天动地的爱情，等一脑门子的血压降下来，就对自己嘿嘿一笑,我要的好像不是爱情,而是一个惊天动地的造型。

我们常常会被爱情的造型迷惑——它不是一个"观"。"观"是个长久的需要和相对稳定的价值判断。也许在这个意义上理解70后的杨过和乔峰式的爱情更及物一点。

不能排除这一代人过几年会改弦更张,像热爱郭靖的人一样认为那只空袖子和乔峰飘零的观念爱情不过是个空泛的情调和姿态。但是,在这个年龄段上,空袖子的浪漫是要的,如果四十岁之前就强迫自己把所有理想一一落地,那也是挺可怕的。爱情观本身就要高蹈一点,务虚一点,若是年纪轻轻就务实成婚姻观,后半辈子可怎么过。你也许已经看出来了,我对杨过和乔峰很有好感,或者说,我比较认同这一类型的爱情想象。

你想,他们忠贞不渝,一个甩了十六年的空袖子等待老婆,几乎站成了望妻石;一个再无所爱准备孤独以终老,思之让人落泪——这世上还有几个痴情至冥顽不化的人?然后,他们亦正亦邪,正时正得心怀天下敢为黎民担当,处江湖之远却得万人仰敬;邪又邪得气象宏伟,沧桑而不乖戾,作秀都作得自然妥帖舒服到你心坎里。有个性,说明他们有激情,活生生的可感触可追逐,他们是百分之七十的人加上百分之三十的神的合成品。既满足了而立之年脚踏实地的实干期待,又充分鼓舞了不惑之前人生中那一部分神采飞扬的浪漫跳跃;以务实为主,济之必要的务虚,虚实相生,宽阔、果决、柔韧、丰厚、沧桑又有弹性，人生无憾矣。

所以，爱情观这东西还真不能一概而论，本身也没有高下之分，五十步笑不了百步，走了百步的也别回头羡慕五十步的。你需要什么，你可能需要什么，你能够认同和接受什么，在你说出它之前，天时地利人和已经给了答案。

——对70后，人生也罢，爱情也罢，一半是海水，一半是火焰，才美不胜收。

不想当大师的士兵不是好运动员

伦敦奥运会开始了，漫山遍野都在谈奥运。话题逐渐集中：前几天在比较伦敦碗的开幕式如何胜过鸟巢的；这几天开始说金牌，批唯金牌是举之急功近利，然后得出疑问：为什么到了场上非要拿金牌呢？英国大主教彼得的名言"奥运会重要的不是胜利，而是参与"成了最热门的论据，顾拜旦也曾隆重引用过。大主教说得非常好，顾拜旦引得也当其时当其事，质疑和批判"金牌意识形态"也极其正确，这都是人文地谈奥运该有的样子。不过，我不是很能理解的是，很多人用清高和鄙弃的懒洋洋语气去说金牌，好像金牌是个不洁的东西，一谈就俗。好像运动员们大老远跑伦敦，要干的就是在赛场上晃荡一圈，若是伸手去够金牌，层次就低了。

——固然，要死要活去争那金牌，的确表情会很不好看，但是，假若一个运动员，去奥运赛场不为了争金牌，那他千里迢迢去干什么呢？

据我的理解，运动员要做的事情就是把他所从事的那项运动做好，尽其能力，做到最好，如果他的确是一个真正的运动员的话。这个尽力和做到最好，不仅是关上门修炼自己，还要一群人聚到一起，如切如磋，如琢如磨，把该项运动提升到更高远的层次。作为竞技体育，金牌不仅意味着个人所能获取的荣誉，还意味了，该项运动所达到的程度。你要扬长避短，你要博采众长，你要在竞争里激发能量、提升能力，你的完善和增广，也将是这项事业的完善和增广。一个人得了金牌，一个得到金牌的人被历史遗忘，一个新的金牌得主诞生；如此反复，一项体育运动在覆盖和刷新中层楼更上，人类的潜能被最大限度地激发，人类在寻找和接近自己的极限的路上又前进了一步。金牌是漫长道路上的一个个台阶。这个金牌是一种体育精神的物质外化，如果你的确敬业，如果你的确希望自己和这项事业更快更高更强，你的手伸向金牌，在我看来，这个动作就是最纯正、最深沉的职业道德和敬业精神。

我好像从未听说过，哪个伟大的运动员曾以鄙夷和不屑的口气谈论过金牌；就像我从未听说过，哪位伟大的作家瞧不上大师的称谓。原因无他，只在于伟大的运动员深谙金牌之于竞技体育的意义，而那些伟大的作家，更清楚大师所包含的文学奥秘。好运动员就该获得好成绩，就像好作家就该写出好作品一样。如此，再回头看这句，"不想当将军的士兵不是好士兵"，大概就不觉得那么扎眼了。

而在我们的当下，谈金牌和谈大师，要么被指为"恶俗"，要么被冠以"装×"：谈金牌，说明你急功近利；谈大师，呵呵，还正大庄严，酱油瓶子装醋，就你那小样儿！

也许事实正是如此，我们已经习惯于在任何涉及名利的问题上，都从恶俗的名利角度去仔细端详，忘了该事业的初衷，也把真正的职业精神丢到了一边。是我们真的怀疑名利之后的职业精神是否存在，还是我们根本就失掉了穿越名利去正视和还原一种职业精神的能力？当我们冷嘲热讽、愤世嫉俗时，清高地以为自己站在名利的小心思之外时，其实心眼儿早歪了：我们不在之外，我们比谁陷在其中都深。

他们中有我

　　过去喜欢小说板着脸，觉得冷静好，干什么都不动声色，最好能把自己从小说里完全撤出来，那才叫酷，才克制。现在不一样，越来越喜欢能从小说里看出一个活生生的"人"，希望能从里面看出发肤血肉、真情实感，看出勃勃涌动的生命力和自在的人烟气息。希望小说能饱满、丰沛、枝繁叶茂，希望能听见它驳杂的、细碎的、雄壮的血液流动之声。即使它处理的是玄而又玄的虚空的主题，我也希望能够以实写虚，用源源不竭的真切的砖石，建筑出一座空中楼阁来。你能从这个小说中看见，作者在动用他身心中所有最具活力的部分参与了其中，它是一个人的激情、认知以及身体共同反应的结果，有体温，有烙印，有鲜明的个性。它是一个人独特的面对世界的方式，它里面有"我"，有"身体性"。也就是说，小说不仅是用大脑去探测这个世界，同时还要用身体去拥抱和撞击这个世界，借此得到全方位的感知和发现。

王国维论艺术，有"有我""无我"两种境界，两境界中"贵无"。大师之声，振聋发聩，多少年来我也无限崇敬"无我"。那以物观物、物我两忘，不知何者为我、何者为物之境乃何种境界，听听就让你肃然起敬，该要修炼多少年啊。而一涉及境界和修炼，简单事情也会陡然玄虚和神圣，我当然觉得这个好。你敢说"采菊东篱下，悠然见南山"境界不高？你敢说"寒波淡淡起，白鸟悠悠下"常人可为？

我知道人要修炼到这种境界的确是相当麻烦，但是，我现在突然想，这两个诗句中果真就没有"我"吗？当然有。不管"你"神思多邈远，从俗世超脱多少层，"你"终究是在这个诗歌现场的，菊是你采的，南山是你悠然见到的，寒波之淡淡而起，白鸟之悠悠其下，都是你看的，你感受到的，换了别人肯定就不悠然淡淡悠悠了，起码不会是相同的悠悠淡淡。所以，所谓的"无我"，不过是"人"修炼的境界高不可攀，物我两忘其实也是在的。这个世界还是"我"的世界，而不是别人的或者无人的世界，是看似"无我"的"有我"之境。

绕了一个大圈子，无非是想证明一下我的"有我"的小说观，不仅是我感性的认知，同时好像还有挺大的来头。有虎皮做大旗我心里踏实。

回过头来说这个小说。它里面有"我"。不仅是我也曾上过"魏千万"的当，买过一个假古董，也不仅是我正和他们一样，在为生活和其他问题焦虑；更重要的，小说中人物在北京的见闻和感受,很大程度上也是我的,是我的头脑和身体所得,写他们我有切肤之感,他们承担了我的负荷。他们中有我。而"我",坚定地"在"这里。

出走、火车和到世界去

先讲一个听来的故事:

有一个荒远和偏僻的小村子,每天有一列火车从村庄外经过。火车从来不停,最近的一个车站也在一百多里之外。这个村庄里人人都见过火车,人人都没坐过火车,但他们知道,这每天一次呼啸着摇撼整个村庄的火车去往一个神奇的世界,那个世界像仙境一样遥远和缥缈,那里什么都有。只要你坐上这样火车,你就能到达那个完全不同的世界。一个村庄的人都被遥远的想象弄得躁动不安,每次火车将至,他们就站在村边的泥土高台上,看它荒凉地来,又茫然地去,你怎么招手它都不会停下。日复一日,年复一年。某一日,一个人拉着辆平板车去野地里收庄稼,想在火车赶到之前穿过铁路,很不幸,他对时间的判断出了误差,火车碰到了他的车尾,连同他的人一起甩到一边。火车有史以来头一回在这个地方停下来,那人骨折,无生命大碍,火车带着他到了一个陌生的城市的医院为他治好了伤。回到家,他说火车真好,外面的世界真好。一个村的人心里痒得更难受。但以此种方式拦火车风险实在太大,没人敢再尝试,就是坐过火车的人也不愿再来一次。又一日,一年轻人拖着一辆平板车等在铁路边,等火车即将从他面前经过时,他闷头拉车就往对面冲。

故事的结局是:火车的确停下来了,那个年轻人死了。围观的人一部分哭着回了家,一部分哭着继续站在那里,在想一个"到世界去"的大问题。

再讲另外一个故事。这故事发生在我现在正写的长篇小说中:

某人,小时候蹲在猪圈里跟猪说话,被猪踢了个仰八叉,后脑勺磕到喂猪的石槽上,从此头脑不太灵光。他喜欢站在路口朝看不见的地方张望,裤子总要提到胳肢窝里,因为这个习惯,所有的裤子只能找裁缝单做,给他加一个无比高的裤腰。他出门极少,活动范围方圆不足十里。年既长,同龄的人都离家到了外面的世界,他在路口也站不住了,想出去。恰逢该地新通火车,他在一个阴雨天的清晨来到铁路边,抱了两块大石头准备放到铁轨上,他想把火车拦下来。在他放下石头之前,火车突然在不远处停下了,因为出了点故障;他以为是他弄坏了火车,恐惧倏忽而至,扔了石头就跑。天降大雨,雷电交加,一道闪电从天上下来,擦着他的脚后跟插进大地。他以为闪电来袭是火车在向他报复。在这个刚通火车的地方,对一个没见过几次火车的人来说,火车可能具有的力量你不知道它究竟有多大，包括某种通灵似的力量。此人跌倒在泥水地里，变得更傻了。后来，他颠三倒四地陈述了雷击的感受：那是有人突然偷走了你的一条腿。可以想象一下，雷击的感觉在一瞬间如同消失，由充满导致的什么都没有。

因为弄坏了火车和遭到火车派来的雷电报复的双重恐惧，这个人从此再不敢"到世界去"。他重新站到路口，你要带他出去走走，他会羞怯和恐惧地拒绝：他怕被雷追上。

这两个故事充满了悲凉的宿命论，在一个光怪陆离的现代都市讲述它们相当不合时宜。但是没办法，在远离科学、文明和繁华的僻远之处，这些都是日常生活的真相。

而如果把极端的环境从故事里抽掉，只剩下孤零零的一个个人和他们孤独的内心，把它们当成比喻，那么这一群傻子似的人物就是我们自己。我们每一个人都曾拉过那辆平板车，都曾抱起过两块大石头，都曾被急刹的火车和尾随而来的雷电吓破过胆；我们都有一个出走到世界去的梦想；区别只在于，有人被迫放弃了，有人坐上了远行的列车，有人没有放弃，但至今依旧站在原地，继续怀揣出走的梦想，等待上了车或者放弃的那一天。即使我们生活在科学、文明和繁华里，因为不管你在哪里，总有陌生和向往的地方在。生活在别处。在这个意义上，两个故事是我们关于出走的寓言。

多少年来，我一直觉得自己在和一列列火车斗争。登上一列火车，继续寻找另外一列火车；被一趟车拒绝，又被另一趟车接纳。周而复始，永无尽时。对我来说，火车不仅代表着远方和世界,也代表了一种放旷和自由的状态与精神,它还代表了一种无限可能性,是对既有生活的反动与颠覆——唯其解构,才能建构,或者说,解构本身就意味着建构。出走与火车,在我是一对相辅相成的隐喻。所以,长篇小说《夜火车》之后,在我的新的长篇小说中,依然涉及了这个主题。它永未完成。

别用假嗓子说话

照有识之士的说法，风水轮流转，尴尬的70后终于在奔四的时候，被批评界认可为亚热门话题。当然，这些年来70后也从来没有被彻底遗忘过，一直靠边列席在关于50后、60后和80后的评说里：说到50后、60后，70后是一帮不长进的小东西，稀松平淡，没法跟前辈比；提到80后，70后成了没出息的哥哥姐姐，鸦雀无声，没一个能挺身冲进市场，争到一块蛋糕。跟50后、60后比质量，跟80后比销量，两套标准，这个判断固执地遵循一个奇怪的逻辑；懂文学的这么说，不懂文学的也这么说，鄙视70后成了最保险的文学结论之一，反正里外不讨喜。在我看来，做这样的反面典型挺好，我把稀松平淡视为深挖洞广积粮，把鸦雀无声理解为低调和淡定，我更喜欢看见一群正在劳作的沉默的脊梁。劳动者最光荣。的确，现在撅着屁股吃力不讨好地写中短篇的，绝大多数都是70后。身为编辑，有时候我会突发奇想，要是这群人集体抽风急功近利，中短篇小说罢写了，那么多文学杂志辽阔的版面该如何填满呢？这么一想，70后在当下文坛似乎也挺重要。不管是盼望着还是无望着，东风的确是来了，春天的脚步的确是近了，在盯50后、60后盯得审美疲劳之后，在看多了80后发现大家都长得差不多之后，70后的屁股被慢慢地挪到审判台的中间，可以开始了：坐好了，说你呢。

70后作家写得如何，我说了不算，但有一点可以肯定，我绝不相信延续在50后、60后身上蓬勃的文学才华，会在十年或者二十年后的一代人身上突然集体萎缩掉。也许70后已经做得很好，也许70后的路还很长，这要留待时间去定夺。摆在眼面上的是，70后整体上宏大叙事野心的欠缺，在当下史诗成癖的文学语境里，是大大减了分的。我听到很多前辈为此忧心忡忡，语重心长地提醒：砖头，砖头。70后似乎迫切地需要"砖头"，拿不出来，只能和过去一样继续挨板砖。但这个谁也没法替他们急。

现在要做的是"就事论事"："70后"是否成立，如何成立。

其实在使用"70后"这个词时，已经证明了这个概念的某种合理性。是"某种"：这只是权宜之计，因为它有巨大的不科学性。怎么能用一个狭隘的时间概念来涵盖和阐释作家与文学？文学是久远的事业，其通约的价值放之四海皆准，所以，我们才能在今天依然满怀激情地谈论诗三百、荷马与《圣经》，依然可以夜以继日地欣赏曹雪芹、莎士比亚和托尔斯泰。非常对，千百年之后，没有人傻到会以十年甚或百年为单位，对作家和文学进行代际划分。但是，如果我们不急于观古今于须臾，不那么阔绰地看待文学史，而是将目光落实，尽力返回每一个作家和作品的诞生与成长现场，也许会别有洞天。历史往往如此，在一个云谲波诡的非常时代，它的历史容量将远高于平常；在每一个历史的节骨眼上，一天可以当成一年乃至半辈子来过。不存在均码的历史，也不存在等值的历史，否则，我们现在根本没机会看见时间和人类的起伏，上下五千年也将会是另外一个景象。正是在这个意义上，正视和重视个别时间段的差异，给予某些代际划分足够的合理性，也许对理解历史和我们自身的处境更具建设意义。对70后也如此，设身处地地将这一群体放进"代际"中来打量，同样会有别一番发现。

我知道，大家已经习惯于在使用"70后"概念的同时腹诽，认为根本没有必要把这代作家从当代文学的序列里单拎出来，因为70后文学的特质并不明显，也因为大家断定这一代的文学特质不可能也没有必要明显。我不这么看，虽然就目前来看，的确不是很明显。

也许我们应该承认，时代在二十世纪七十年代出生的这群人身上，留下了足以区分前后两代人的印记。如果60后作家的确能够被确认为"晚生"和"迟到"的一代，那70后作家更是迟至晚矣。一九七〇年出生的作家，"文革"结束时也才六岁，刚刚开始有所记忆，而一九七六年以后出生的作家，根本连"文革"的边都没沾上，而二十世纪八十年代的"先锋文学思潮"他们又没能赶上，平白错过了两个重大的历史和文学事件。和60后相比，70后一直被认为是没有"故事"和"历史"的一代。50后参与了建造，也见证了毁灭；60后看见的只是废墟和阴影，但他们起码还有活生生的废墟和阴影可看，还有一个可以策动精神反叛的八十年代，所以他们与生俱来就有颠覆和反叛的目标和冲动；70后什么都没见着，只能远远地想象，感不能同于身受，他们血液中缺少这样的基因。而80后，成长于改革开放的环境里，从小接受麦当劳、变形金刚和西方价值观的耳提面命，他们的世界观和人生观里天然地有了全球化和地球村的影子，他们放松、从容，自我的世界与整个世界几乎可以画上等号，所以他们对这个时代和生活没有疑问，他们肆无忌惮、出入自由，他们可以真诚坦率地认同名利和商业时代。这也是他们比上几代作家更擅长与市场打交道的原因。与80后比，70后拘谨、忧郁、心事重重、瞻前顾后，没法像他们那样放旷洒脱、坚决不"信"，放弃对主流价值观的追求，又不愿放弃对60后的"故事"和"历史"的遥望。他们希望自己也能"不信"，也能"怀疑"，也能"颠覆"和"解构"；而这"不信"和"怀疑"在60后那里恰恰意味着另一种"信"，"颠覆"和"解构"在60后那里也意味着另一种意义上的"建构"。也就是说，70后在骨子里头还是希望像60后那样有所"本"，有所信仰，有所坚持和依傍，而这恰恰是他们与生俱来的缺失。所以，70后的焦虑在于，既不能像80后那样无所焦虑，又不能像60后那样深度焦虑；70后的焦虑在于他们的焦虑太过肤浅。这是一群犹疑和徘徊的人，这是一群两头不靠的人。他们生长在一个历史的节骨眼上。

这是一代人的胎记，抹不掉。它规定了他们在面对这个世界时，目光必然与60后和80后不同，这个世界在他们眼中映鉴出的必然也是与60后和80后不同的图景——代际意味的不仅仅是十年或者二十年的时间差，而是一辈子的看待世界的差异。二十世纪七十年代对70后来说，是一个无可替代也无法更改的十年，是宿命也是根源和出发地，更是独一无二的资源。如果一切皆可以入文学，如果一切皆有可能成就出好文学，那么，才华和勤奋之外，关键在于能否看清楚自己，能否坚守住自己，能否忠直有效地表达自己。

70后的要务也许正在于守住这个"不科学"的代际划分，70后就是70后，说70后看见的、听见的、想到的、焦虑的、希望的，别冒充别人，别用假嗓子说话。说自己想说的、能说的、应该说的、不得不说的，充分地、有效地说出来，提供一个人和一代人对世界的独特看法。这是70后的价值所在，也是文学的应有之义。

但在忠直有效的自我表达这一点，毋庸讳言，我们做得并不好。这一代作家中有众多保有才华者，正沉迷于一些所谓的"通约"的、"少长咸宜"的文学款式，在从事一种跟自己无关、跟这一代人无关，甚至跟当下的这个世界无关的写作。这样的写作里没有"我"，没有"我"的切肤的情感、思想和艺术的参与。此类拼贴和组装他人经验、思想和艺术的作品，的确可以更有效地获取献花与掌声，但却与文学的真义、与一个人眼中的时代南辕北辙。我把这样的作品称为完美的赝品（如果足以完美的话），我把这样的写作称为假声写作。这种虚伪和无效的写作，长久以来，大概也是导致70后"面目模糊"，被集体无意识般地"列席"于各类评说的重要原因。

　　道路阻且长，谁也无法避免被与"某0后"打包混为一谈，但70后也许应该有自我提醒的自觉：你就是你，没事少往别人的队伍里混。没自己的声音可以慢慢找，别老用假嗓子说话，否则，要你干什么？这不是另立山头。自我区分不仅是自我确立的前提，也是历史本身使然。

通往乌托邦的旅程

有一天我发现,在我所有写作的前头蹲着一个东西,像一座城堡,或者一个城市,其中万象纷扰,因为遥远,看上去含混又漫漶。这些年它一直在,只是随着我写作的持续和深入,逐渐变得庞大和明确,它不再形如城堡或者城市,而是一个世界,或者世界一样的东西。可世界是什么样子?说不好。所以我无法把它准确地描述出来。我只知道,这些年我所有的写作都在冲着它去,受它的招引,也为了最终把它看清。而这一路奔驰,我发现它也在跟着我写作不停地变,它像我文字经营的一面镜子,或者说,它在一定程度上就是我的写作本身。它是我所有努力的启示、目标、过程和结果,是我一个人的乌托邦。

我想,我所有的写作大约就是在建筑一个自己的乌托邦,材料来源于我的理想和兴趣、我的质疑和追问,以及我的关怀和承担。它只是我的。它让我把写作当成对自己的追赶,它让我追着自己写。别人向前跑,我可能向后退;别人竭尽全力为了一个说一不二的真理,我可能恰恰要致力于对唯一的消解,让它模糊、暧昧,伸出无数条狐疑的道路;别人冲进现场,追不及待要"关怀现实",我可能抽身而退,换一个角度和方式开掘自身。归根结底,以我的方式冲那个文学的乌托邦去,接近的同时建造,建造的同时确立出自己。

想象力比知识更重要

儿子出生前，我们就给他备好了一大堆读物，有声的无声的，图画的文字的，故事、诗文和识字卡片。出生后，我们照专家的指导按部就班地给他各种教育，现在两岁八个月，他能背很多诗，能认一些字，能把在图片上见过的动物、植物和各种汽车清楚地区别开来，会复述一些简短的故事。能按规矩循序渐进地学习，该算是不小的进步，但我发现，支持他掌握诸种所谓的知识的，完全建立于他想象的基础上。不管多复杂的诗，一个字都不认识他也能准确地翻到那一页，因为他记得那些文字和插图的样子；那些从来没见过的汽车，他只凭对车型和颜色的记忆，就能把法拉利和阿斯顿·马丁从一大堆汽车卡片中找出来。他会想象自己有了驾照如何开车带爸爸妈妈去公园玩，因为这些，他记住了各种车。

记忆肯定也可以归入想象力的范畴，但想象力一定比记忆更广大。与其说他在用记忆认识世界，不如说在用想象力认识世界。而想象力恰好可以让孩子从无限写实的世界中挣脱出来。大人爱说，小孩总会问稀奇古怪的问题；这很好，他们是在动用他们的想象力去认识这个世界。小时候我生活在贫瘠的乡村，认识世界最重要的方式不是经验，而是想象，或者说遥想，天马行空、匪夷所思的幻想，孤寂的干农活儿和漫长的放牛生涯因此绚烂多彩。有了那些无边无际的想象对生活空缺的补济，整个童年反倒更加自由、开阔和丰富。人不能只生活在世界的这一边，还要同时生活在那一边。我在给儿子讲故事时发现了这一点，他更喜欢生活之外的故事，越不写实他的兴趣越大。他意识不到他对当下细节的排斥，他只告诉我，他想知道一只松鼠遇到一只刺猬会说什么，他也想知道，如果让楼下的小妹妹在天上飞，他该怎么做。

因此，在他两岁八个月的时候，我决定对他的"教育"往想象力的培养上引，看"有想象力的书"。不是他"看"，而是我们"读"，他来"听"。一些故事的简缩版，比如《一千零一夜》《格林童话》《西游记》，离现实越远越好，他有的是接触现实的时间和机会。在他像我们逐渐被坚硬的现实禁锢之前，让他充分张开想象的翅膀，往更高远处飞。有人可能会质疑，这些故事对一个不到三岁的小孩是否太艰深了？他理解得了吗？我的理解是，完全可以提供给孩子一点让他伸手够一够的东西，未必凡事都和他们保持同一高度，此其一。其二，我只希望他能跟着"无法无天"的故事和想象翱翔，而非让他从中得到什么人生与世界大义的结论，所以，他的想象力能飞多高就让他飞多高。而获取那些宏大的结论的企图,在我看来是我们长久以来功利主义教育的重大弊病,它们不过是我们自以为重要的、改头换面的诸多知识之一种,孩子的自由之思想与想象难道不比这知识更重要?而想象本身也是获取知识的重要途径之一。

鉴于想象力本身比知识更强大,鉴于想象力可以开阔他身处城市的拥挤和狭隘的生活,丰富他物质满地、无限写实的童年,我以为,开掘想象力的阅读对孩子来说更为重要和迫切。